Arthur Conan Doyle

O cão dos Baskervilles

Adaptação de
Telma Guimarães Castro Andrade

Ilustrações de
Cássio Lima

editora scipio

Gerência editorial
Sâmia Rios

Edição de texto
José Paulo Brait

Revisão
Nair Hitomi Kayo

Coordenação de arte
Maria do Céu Pires Passuello

Programação visual de capa e miolo
Didier D. C. Dias de Moraes

Diagramação
Elen Coppini Camioto

Traduzido e adaptado de *The hound of the Baskervilles*. Nova York: Dover Thrift, 1994.

editora scipione

Avenida das Nações Unidas, 7221
Pinheiros – São Paulo – SP
CEP 05425-902

Atendimento ao cliente: (0xx11) 4003-3061

atendimento@aticascipione.com.br
www.aticascipione.com.br

2022
ISBN 978-85-262-8016-8 – AL
Cód. do livro CL: 737533
CAE: 251614
2.ª EDIÇÃO
10.ª impressão

Impressão e acabamento
Gráfica Paym

Dados Internacionais de Catalogação na Publicação (CIP)
Câmara Brasileira do Livro, SP, Brasil

Andrade, Telma Guimarães Castro, 1965-

O cão dos Baskervilles / Sir Arthur Conan Doyle; adaptação Telma Guimarães Castro Andrade; ilustrações de Cássio Lima. – São Paulo: Scipione, 2003. (Série Reencontro literatura)

Título original: The hound of the Baskervilles.

1. Literatura infantojuvenil I. Doyle, Sir Arthur Conan, 1859-1930. II. Lima, Cássio. III. Título. IV. Série.

03-2105   CDD-028.5

Índices para catálogo sistemático:
1. Literatura infantojuvenil   028.5
2. Literatura juvenil   028.5

• • •

Ao comprar um livro, você remunera e reconhece o trabalho do autor e de muitos outros profissionais envolvidos na produção e comercialização das obras: editores, revisores, diagramadores, ilustradores, gráficos, divulgadores, distribuidores, livreiros, entre outros.
Ajude-nos a combater a cópia ilegal! Ela gera desemprego, prejudica a difusão da cultura e encarece os livros que você compra.

• • •

Holmes, é claro, resolveu o problema rapidamente. Preencha o quadro abaixo com as respostas do detetive.

	assassino	vítima	policial
cabelo			
camisa			
calçado			

4. Espantado com a agilidade do detetive para resolver o problema anterior, Watson emendou rapidamente:
"– Se dois trens colidem na fronteira entre o Brasil e a Argentina, onde devem ser enterrados os sobreviventes?
– Esta é tão elementar que eu me recuso a responder, meu caro Watson! – disse Holmes".

Você sabe a resposta?
___
___
___

c) O roubo dos calçados levou Holmes a uma importante conclusão sobre o misterioso cão dos Baskervilles. Que conclusão foi essa?

_____
_____
_____
_____

4. Ainda em Londres, Holmes percebeu que ele próprio, assim como Watson, Henry Baskerville e Mortimer, estava sendo seguido e observado por um homem de barba preta numa carruagem. O que o detetive deduziu sobre esse homem?

_____
_____
_____
_____
_____
_____
_____

5. Holmes não foi com Henry Baskerville, Mortimer e Watson para Devonshire, alegando ter um outro caso para resolver em Londres antes de poder encontrá-los. Sem que ninguém soubesse, ele também partiu para Coombe Tracey, escondendo-se em uma das casas de pedra que havia junto às colinas. Por que ele fez isso? Como essa atitude do detetive interferiu nas investigações?

_____
_____
_____
_____
_____
_____
_____

BANCANDO O DETETIVE

1. Assinale **C** nas palavras que você acha que poderiam fazer parte de uma história de detetive e **N** naquelas que não combinam com esse gênero.

( ) bruxa   ( ) mistério   ( ) fada
( ) assassinato ( ) rainha   ( ) príncipe
( ) revólver   ( ) dragão   ( ) vítima
( ) culpado   ( ) lupa   ( ) torre

2. O inspetor Lestrade chamou Sherlock Holmes e Watson para ajudá-lo em um caso de roubo. Mostrou a eles três suspeitos – Jack, James e John – e fez as seguintes afirmativas:

a) Se John for inocente, então Jack é culpado.

b) James ou John são culpados, mas não os dois.

c) James não é inocente.

Então, Holmes disse: "Elementar, meu caro Lestrade. Dois dos seus suspeitos cometeram o roubo juntos".
Pergunta: Quem é inocente? Por quê?

_____
_____
_____
_____

3. Watson decidiu dar o troco e propôs o seguinte problema a Holmes: havia um caso que envolvia um bandido, uma vítima e um policial. Um estava descalço, um de botas e um de chinelos. Cada um usava uma cor diferente de camisa (azul, vermelha e preta) e tinha um tipo diferente de cabelo (loiro, moreno e ruivo). Watson pediu então que Holmes deduzisse o tipo de cabelo, a cor da camisa e o calçado de cada um deles, sabendo que:

a) o assassino estava descalço e não vestia preto;

b) o homem de chinelos vestia vermelho;

c) o ruivo usava botas;

d) o policial vestia preto;

e) a vítima não era loira.

Roteiro de Trabalho

editora scipione

O cão dos Baskervilles

Arthur Conan Doyle • Adaptação de Telma Guimarães Castro Andrade

No pântano próximo à mansão dos Baskervilles, um cão sobrenatural espalha terror e morte. Alucinação coletiva? Maldição? Ou um monstro de verdade surge das profundezas da noite? Uma série de mistérios ronda o lugar. O detetive Sherlock Holmes e seu fiel ajudante, o doutor Watson, enfrentam o desafio de esclarecer esse enigma em condições aterradoras.

INVESTIGANDO OS DETETIVES

1. Descreva o detetive Sherlock Holmes, ressaltando as características que o tornam um bom investigador.

2. Agora descreva o doutor Watson, dando atenção especial à amizade entre ele e Sherlock Holmes.

3. Por que você acha que Conan Doyle escolheu Watson (e não Holmes) como narrador da história?

Roteiro de Trabalho 1

ESTUDANDO AS PISTAS

1. Observando a bengala que o doutor James Mortimer havia esquecido no apartamento da Baker Street, Holmes e Watson deduziram algumas informações sobre seu visitante, até então desconhecido. Escreva as deduções dos dois, tanto as corretas como as equivocadas.

   a) Deduções corretas de Watson

   b) Deduções equivocadas de Watson

   c) Deduções corretas de Holmes

   d) Deduções equivocadas de Holmes

2. A seguir estão os nomes de cinco possíveis suspeitos de terem matado Charles Baskerville e planejado fazer o mesmo com seu sobrinho Henry. Explique os motivos pelos quais você suspeitaria de cada um deles, a partir das observações de Watson.

   a) Barrymore

   b) Stapleton

   c) Selden

   d) Frankland

   e) Laura Lyons

3. Quando Henry Baskerville ainda estava em Londres, dois pés de calçado desapareceram de seu quarto do Hotel Northumberland. Mais tarde, descobrimos que haviam sido roubados.

   a) Como e por que os calçados foram roubados?

   b) Por que um deles reapareceu?

2 Roteiro de Trabalho

SUMÁRIO

Quem foi Arthur Conan Doyle? 5
I. O detetive Sherlock Holmes 7
II. A maldição da família Baskerville 12
III. Um problema difícil de resolver 19
IV. Henry Baskerville 23
V. Um inimigo inteligente 27
VI. A mansão Baskerville 33
VII. O casal Stapleton 37
VIII. O primeiro relatório para Sherlock Holmes ... 46
IX. Uma luz no pântano 51
X. Trechos do diário de Watson 59
XI. Laura Lyons 63
XII. O homem misterioso 66
XIII. O fio da meada 69
XVI. Uma desgraça no pântano 74
XV. A armadilha 78
XVI. O cão dos Baskervilles 84
XVII. Atrás do criminoso 88
XVIII. Retrospecto 92
Quem é Telma Guimarães Castro Andrade? 99

QUEM FOI ARTHUR CONAN DOYLE?

Arthur Conan Doyle nasceu em 1859, em Edimburgo, Escócia, onde estudou medicina. Tornou-se médico a bordo de um baleeiro e viajou pelo Oeste africano. Sem clientela, foi levado pela necessidade financeira a escrever romances policiais, segundo os modelos de Gaborian e de alguns contos de Edgar Allan Poe. O escritor obteve tanto êxito que acabou abandonando a medicina em 1891.

Conan Doyle estreou na literatura com *Um estudo em vermelho*, seguido por *O cão dos Baskervilles* e *O signo dos quatro*. Para criar o famoso personagem Sherlock Holmes, inspirou-se em um de seus mestres, o cirurgião Joseph Bell.

Recebeu o título de *sir* em 1902, recompensa por sua atividade como propagandista durante a Guerra dos Bôeres (ocorrida entre 1899 e 1902, na África do Sul). No fim da vida, porém, dedicou-se ao espiritismo e fez inúmeras conferências sobre o assunto. Escreveu também romances não policiais, como *Os refugiados* (1893), *As aventuras do general de brigada Gérard* (1896) e *Sir Nigel* (1906), entre outros.

Sir Arthur Conan Doyle faleceu em Crowborough, Sussex, Inglaterra, em 1930.

Capítulo I

O detetive Sherlock Holmes

Sherlock Holmes gostava de estudar minuciosamente cada caso que aceitava. Passava as noites acordado, debruçado sobre suas anotações. De vez em quando, levantava-se, acendia o cachimbo e colocava-se junto à janela, pensativo.

Naquela manhã de setembro, quando Holmes se levantou, tarde como sempre, eu já estava junto à lareira, terminando de analisar a bengala esquecida pelo visitante da noite anterior.

A bengala era de madeira de boa qualidade. Uma faixa de prata indicava o nome do proprietário, a sua profissão e quem o presenteara:

Era a típica bengala usada pelos médicos de família. Dava-lhes um ar de dignidade, que tranquilizava os pacientes. Eu estava examinando a inscrição, quando ouvi a voz de Holmes:

— Quais as suas conclusões sobre a bengala, Watson?

— Como sabe o que estou fazendo? — estranhei a pergunta. Afinal, eu estava de costas para o meu amigo detetive.

— O bule de prata à sua frente acabou de revelar — Holmes explicou, dando risada.

Era verdade. O bule, que parecia um espelho, mostrou-lhe o que eu fazia. Mesmo sem termos visto o convidado, dono da bengala, contei a Holmes as conclusões a que chegara. O visitante tinha esperado pelo nosso retorno, mas desistiu. Por pressa ou esquecimento, acabou deixando a bengala na sala.

— O doutor James Mortimer é um médico de idade avançada, estimado por muita gente — comecei a explicar. — Seus amigos do CC, provavelmente o clube de caça ao qual é filiado, o presentearam com a bengala. A ponta do objeto, já muito gasta, mostra que esse homem vive no interior. Sempre a leva consigo, quando sai para visitar os pacientes. Um médico da cidade não faria isso — concluí.

— Excelente observação! — Holmes exclamou, enquanto levantava-se para vir em minha direção. Ele acendeu seu cachimbo e pegou a bengala. — Você está melhor a cada dia, meu amigo. Mais uma vez, mostrou-me uma luz no fim do túnel. E são tão poucas as pessoas que têm o dom de fazer isso...

Enchi o peito de orgulho. Holmes não era dado a fazer elogios, e as suas palavras fizeram um bem enorme ao meu ego. Eu sempre tentava impressioná-lo, mas fracassava, o que me deixava irritado. Agora, sentia que tinha finalmente dominado a técnica de Sherlock Holmes e, por isso, ganhava a sua aprovação.

O grande detetive continuou a examinar a bengala, desta vez com uma lente convexa, aproveitando a luz mais forte próximo à janela.

— Elementar, meu caro Watson. Isto é realmente interessante — Holmes sentou-se em sua poltrona preferida. — Há uma ou duas pistas na bengala. Posso deduzir várias coisas a partir delas.

"Deixei escapar alguma coisa. Mas o quê?", fiquei muito intrigado.

Holmes pareceu ler os meus pensamentos e respondeu:

— Parece que deixou escapar muitas coisas, Watson. Suas conclusões erradas estimularam-me a alcançar a verdade. Não que esteja, digamos, completamente equivocado... — Ele tentou se redimir da grosseria, mas já era tarde demais. — James Mortimer é, certamente, um médico do interior.

— Mas então eu estou certo! — respondi.

— Elementar, meu caro Watson. O primeiro erro está nas iniciais. Não acha muito mais lógico que esse médico tenha sido presenteado por uma equipe do hospital em que trabalhava do que por amigos de um clube de caça? CCH deve ser a abreviatura de "centro cirúrgico do hospital".

— É... talvez — não tinha como discordar. — A que conclusão podemos chegar se CCH quiser dizer "centro cirúrgico do hospital"?

— Não acha que está na hora de aplicar os meus métodos, Watson?

— A única coisa que me ocorre é que o médico pode ter recebido o presente antes de se mudar para outra cidade — arrisquei.

— Pois eu iria mais além. Os amigos podem ter dado a bengala de presente ao médico quando ele deixou o hospital para clinicar por conta própria. Pela forma como escreveram, nosso visitante ainda era jovem. Se fosse um senhor de idade, os termos seriam outros, mais respeitosos. Assim, seu idoso doutor transformou-se num médico estagiário, que deixou esta cidade há cinco anos, levando um presente dos amigos do centro cirúrgico do hospital em que atendia... É só conferir a data na bengala. O doutor James Mortimer não deve ter nem trinta anos, é muito educado, sem ambição, tem um cachorro e é muito distraído... Ou o fato de ter esquecido a bengala não mostra isso? Posso adiantar também que seu cachorro é maior que um *fox terrier* e menor que um mastim. — Sherlock Holmes soltou uma baforada do cachimbo. — Para finalizar, apresento-lhe o meu *Guia médico completo*... — Holmes levantou-se e tirou da estante um grosso volume, abrindo-o na página marcada. — Foi só dar uma olhada no guia para descobrir que Mortimer poderia ser o nosso homem... — Ele leu em voz alta:

— "Mortimer, James, MRCS, 1882, Grimpen, Dartmoor, Devon. Médico estagiário no centro cirúrgico, do período de 1882 até 1884. Com uma monografia em patologia comparada, venceu o prêmio Jackson. É membro correspondente da Sociedade Sueca de Patologia. É médico titular das paróquias de High Barrow, Thorsley e Grimpen." Como vê, nenhuma palavra ao "clube de caça", Watson — pude notar um quase sorriso nos lábios de Holmes. — Mas você acertou no "médico do interior", não resta dúvida. Nosso doutor Mortimer é mesmo um médico sem grandes ambições, que deixou uma carreira promissora em Londres e partiu para o interior. É tão distraído que deixou a bengala em vez do seu cartão de visitas enquanto nos aguardava. Veja essas marcas no objeto; com certeza foram feitas pelo cachorro, que o leva nos dentes, acompanhando seu dono. — Holmes caminhou de novo até a janela, afastando levemente a cortina. — Posso até precisar a raça por causa do tamanho das dentadas. É um *cocker spaniel*, de pelo castanho e ondulado. Elementar, meu caro Watson. Elementar!

— Mas como tem tanta certeza disso? — Eu estava boquiaberto com a precisão de Holmes.

— Simplesmente pelo fato de que tanto o cachorro quanto o seu dono estão bem à nossa porta. — O detetive fechou a cortina.

Eu quis sair da sala para deixar que Holmes recebesse os visitantes a sós, mas ele pediu-me que ficasse. Explicou que, como eu era colega de profissão de James Mortimer, minha presença poderia ser de grande utilidade.

— O que será que um médico quer com um detetive? — Holmes indagou-me e abriu a porta para os visitantes.

O doutor James Mortimer era um homem bem alto, magro, de nariz adunco. Os óculos de aros dourados não conseguiam esconder seus olhos cinzentos e brilhantes. Usava um jaleco branco por cima da roupa, um tanto desleixada. Era meio curvado, apesar de ainda jovem.

Logo que entrou na sala, olhou para as mãos de Holmes, que segurava sua bengala.

— Que bom que a deixei aqui. Não lembrava em que lugar a tinha esquecido!

— Um presente do... centro cirúrgico do hospital? — Holmes fez sinal para que Mortimer se sentasse.

— Isso mesmo. — Os olhos do doutor brilharam em razão do acerto do detetive. — Eu a recebi na época do meu casamento. Depois, deixei o hospital e abri meu próprio consultório.

— Não era o que eu esperava... — Holmes comentou.

— Como assim? — o médico quis saber.

— Acertei grande parte das minhas deduções... com exceção do seu casamento. — E Holmes finalmente apresentou-me ao visitante.

O doutor James Mortimer acomodou-se e, para o nosso espanto, elogiou o formato do crânio de Sherlock Holmes. Como estudioso no assunto, confessou jamais ter avistado uma caixa óssea tão bem desenvolvida. Em seguida, pediu ao detetive a permissão de olhá-lo mais de perto.

Demorou apenas um segundo para que Holmes disparasse outra de suas descobertas:

— Pela nicotina nos dedos, vejo que enrola seus próprios cigarros. Se quiser preparar um deles, fique à vontade — permitiu.

O homem tirou o fumo e o papel do bolso do casaco e, com incrível rapidez, enrolou um cigarro.

— Acho que não veio procurar-me ontem à noite e na manhã de hoje para constatar que meu crânio é único... — Holmes disparou.
— É claro que não! — o médico respondeu. — Como sou um homem sem qualquer prática nesses assuntos criminais, resolvi recorrer ao senhor para que resolvesse o problema que tanto me preocupa. Afinal, Sherlock Holmes é a pessoa mais conceituada no mundo — ele concluiu.
— Bem... e o que posso fazer para ajudá-lo? — O detetive estava ansioso para saber o que trouxera aquele médico até ali.

Capítulo II

A maldição da família Baskerville

—Trouxe um manuscrito aqui comigo... — começou o doutor Mortimer.
— Provavelmente é muito antigo. Vi assim que entrou nesta sala. Calculo que deva ser do início do século XVIII, a não ser que tenha sido falsificado — Holmes observou.
Tanto eu como o doutor Mortimer ficamos surpresos. Como Sherlock Holmes sabia disso?
— Elementar, meus amigos. Pude ver uma pequena parte do manuscrito fora do seu bolso... Se tivesse visto mais de perto, poderia dar uma data mais precisa. Mas creio que seja da década de 1730.
— É de 1742! — James Mortimer, ainda assombrado, estendeu o manuscrito a Holmes. — *Sir* Charles Baskerville, que morreu tragicamente há três meses, confiou-o a mim. Ele era viúvo, não tinha filhos e morava em Devonshire. Além de

seu médico particular, eu era um de seus melhores amigos. Charles era um homem de caráter, muito inteligente e prático, mas tão sem imaginação quanto eu. Ele levou esse manuscrito muito a sério.

Holmes observou o manuscrito amarelado e comentou comigo o tipo de "s" usado, o que determinava a data aproximada em que tinha sido escrito. As letras já estavam bem amareladas, mas não atrapalharam a leitura:

— Isto é uma declaração? — Holmes perguntou.
— Sim — Mortimer confirmou. — Trata-se de uma lenda misteriosa que cerca a família Baskerville. É preciso que o senhor resolva esse mistério em vinte e quatro horas. Vou ler o manuscrito para que entenda tudo. — E começou:

"Existem muitas versões sobre a origem do cão dos Baskervilles. Como descendente de Hugo Baskerville, ouvi a história contada por meu próprio pai, que, por sua vez, a ouviu de meu avô. Espero que vocês, meus filhos, acreditem que a mesma justiça que castiga pode conceder o perdão. E que não existe maldição que não possa ser quebrada com o auxílio de Deus. Não quero que sintam medo do que aconteceu no passado, mas que sejam sensatos no futuro. Não se esqueçam de que o Criador pode perdoar aqueles que se arrependem dos erros que cometeram.

No ano de 1640, Hugo Baskerville era o dono desta mansão. Ele era um homem ruim, muito mesquinho, violento e tão cruel que sentia prazer em machucar as pessoas.

Um dia, esse homem apaixonou-se pela filha de um fazendeiro vizinho. A moça, muito discreta e de excelente reputação, sentia muito medo dele e tentou evitá-lo a todo custo. Na noite das comemorações de uma festa na cidade, Hugo e alguns de seus amigos aproveitaram a ausência dos familiares da jovem, entraram em sua casa e a raptaram.

Quando chegaram à mansão dos Baskervilles, eles a trancafiaram num quarto no andar de cima. Enquanto isso, embebedaram-se à vontade, como sempre faziam. A pobre moça entrou em pânico quando ouviu a gritaria e os palavrões que eles proferiam. Assim, armou-se de coragem, abriu a janela do quarto e desceu, com o maior cuidado, apoiando-se na grade que servia de suporte para uma trepadeira. Tão logo alcançou o chão, correu em direção ao pântano. Afinal, aquele era o único caminho que ela poderia fazer para voltar à sua casa.

Momentos depois, Hugo despediu-se dos amigos. Cambaleando, pegou bebida e comida para levar à jovem. Quando destrancou a porta e viu que a prisioneira havia fugido, ficou enfurecido. Desceu como um louco as escadas e pulou sobre a mesa, derrubando tudo no chão. Aos berros, jurou que, se encontrasse a moça, entregaria seu corpo e sua alma às forças do mal. Um dos amigos de Hugo sugeriu-lhe que soltasse os cachorros em seu encalço. Era só lhes dar algo que tivesse pertencido a ela, e os cães de caça logo a encontrariam.

Ainda aos gritos, Hugo ordenou aos criados que selassem seu cavalo e soltassem os cães.

Os outros homens, atordoados, não sabiam o que fazer. Alguns queriam continuar bebendo, enquanto outros achavam que deviam seguir o companheiro. Finalmente, munidos de armas, selaram seus cavalos e foram atrás de Hugo, que já se afastara muito do local.

No caminho, encontraram um homem e indagaram-no sobre o paradeiro do senhor Baskerville.

'— Vi-o perseguindo uma jovem. Seu cavalo negro corria como o vento, e ele estava tão enfurecido que sua boca espumava como a do animal. Atrás dele... — O homem encolheu-se e começou a gaguejar. — ... vinha um cão... que... parecia ter saído... das profundezas!' — ele finalizou.

Os amigos de Hugo Baskerville não deram ouvidos ao que o homem dissera e continuaram seu caminho, até que viram o corcel negro saindo do pântano. Suas rédeas estavam soltas, e Hugo tinha desaparecido.

Os homens tentaram vencer o medo e começaram a atravessar o pântano em busca de Hugo. Não levou muito tempo até que encontrassem os cães. Eles pareciam gatinhos assustados num canto da colina, latindo baixinho e levantando os olhos em direção ao vale à frente.

Com aquela louca corrida, a maioria dos cavaleiros já não se encontrava mais sob o efeito do álcool. Uns quiseram voltar para casa, enquanto três valentões decidiram ir até o fim. Dessa forma, seguiram em direção ao vale.

No final do caminho, a lua apontou para um corpo sem vida: a garota morrera de susto e de medo. Ao seu lado, também jazia o corpo inerte de Hugo Baskerville.

Mas o que de fato aterrorizou os cavaleiros foi a visão de um animal enorme, negro e brilhante, com a forma de um cão, que dilacerava a garganta de Hugo, enquanto seus olhos soltavam faíscas, e jorrava sangue entre seus dentes afiados.

Os homens puseram-se a correr até a exaustão. Dizem que um deles morreu no caminho de volta. Quanto aos outros dois, adoeceram misteriosamente e definharam até a morte.

É essa a verdadeira história do animal que chamo de cão e que tem perseguido a nossa família desde aquela época. Escrevo-lhes explicando tudo, porque é mais fácil lidar com o que se sabe do que com o desconhecido. Temos perdido nossos entes queridos das formas mais variadas: uns se foram de maneira inexplicável, outros tiveram um fim sangrento. Assim, precisamos nos proteger na enorme bondade de Deus. Acredito que não seja da Sua vontade punir os inocentes, além da terceira ou quarta geração, como diz a Bíblia.

Portanto, meus filhos, recomendo-lhes que evitem atravessar o pântano tarde da noite, quando os poderes do mal são exaltados".

(Declaração de Hugo Baskerville IV aos seus filhos Rodger e John, instruindo-os a nada contar a Elizabeth, irmã dos rapazes.)

Assim que terminou a declaração, Mortimer olhou para Holmes, esperando um comentário.

— Que história incrível... para assustar crianças, é claro! — o detetive respondeu com ironia.

O médico, então, tirou do bolso um recorte de jornal, dizendo:

— Este artigo foi publicado no jornal do condado de Devonshire há três meses. No dia 14 de maio, exatamente. Fala sobre a morte de Charles Baskerville, ocorrida alguns dias antes.

Holmes parecia agora mais interessado. Deu um sinal para que o médico prosseguisse, e Mortimer começou a ler:

"A morte súbita de Charles Baskerville, provável candidato liberal nas próximas eleições, deixou a comunidade estarrecida. Mesmo tendo mudado há pouco tempo para Baskerville, sua amabilidade, generosidade e caráter imaculado conquistaram o carinho e o respeito de todos que conviveram com ele.

Depois de enriquecer na África do Sul, Charles Baskerville retornou à Inglaterra, fixando-se em sua mansão. Havia dois anos que investia em melhorias na sua casa, nas suas terras, nas fazendas vizinhas e até em terras menos favorecidas. Como não tinha filhos, pretendia que as pessoas da comunidade usufruíssem de sua fortuna após a sua morte. Suas doações generosas aos pobres e associações de caridade têm sido frequentemente citadas neste jornal.

O relatório oficial de sua morte não foi conclusivo. Mas, pelo menos, indica que não foi assassinado. Teve morte natural, e são improcedentes as histórias estranhas que têm sido contadas sobre seu falecimento. O doutor James Mortimer, seu médico e amigo particular, chegou a admitir que Charles já havia apresentado problemas cardíacos e respiratórios, além de depressão nervosa.

O caso é simples. Todas as noites, antes de dormir, o senhor Charles Baskerville caminhava pelas alamedas da mansão. Na noite de sua morte, ele tinha pedido aos caseiros, o senhor Barrymore e sua esposa, que lhe preparassem a babagem, pois na manhã seguinte iria para Londres. Como sempre fazia, saiu para o seu passeio noturno. Mas não retornou...

À meia-noite, Barrymore achou melhor sair em busca do patrão com uma lanterna. Graças à chuva que caíra durante o dia, o caseiro encontrou, no final da alameda, umas pegadas junto ao portão. Abriu-o e viu outras pegadas que seguiam em direção ao pântano. Barrymore acompanhou a trilha e avistou o corpo do patrão logo adiante.

Em seu depoimento, o caseiro declarou que as pegadas próximas ao portão eram diferentes das outras junto ao pântano. Um negociante de cavalos chamado Murphy contou que ouvira gritos naquela noite. Ele olhara em volta mas nada encontrara.

O doutor Mortimer foi chamado para examinar o corpo de Charles Baskerville. Embora não tivesse encontrado indí-

cios de assassinato, o médico achou que o rosto do amigo estava transfigurado. Coisas desse tipo podem ocorrer com pessoas que morrem durante um ataque do coração: o rosto se contorce, modificando a fisionomia.

Henry Baskerville é filho do irmão caçula de Charles Baskerville, que morreu há alguns anos. Ele é seu único herdeiro e mora atualmente no Canadá. Se for encontrado pelos advogados da família, esperamos que leve adiante o trabalho humanitário de seu tio".

Assim que Mortimer terminou a leitura, Sherlock Holmes o encarou:

— Agora eu pergunto: o que *o senhor* sabe dos acontecimentos estranhos que envolvem essa família?

O doutor, então, contou tudo o que sabia. Realmente, Charles Baskerville andava aterrorizado, pois acreditava que uma maldição pairasse sobre sua família. Vivia perguntando ao médico se ele avistara algo estranho ou ouvira uivos de um cão. Também recusava-se a sair durante a noite. Três semanas antes da morte do amigo, Mortimer encontrou-o à frente da mansão com um olhar amedrontado. O médico olhou para trás e viu um bezerro preto entre as árvores. A pedido de Charles, correu atrás do animal, mas não o encontrou. Naquela noite, Mortimer decidiu pernoitar na mansão para acalmar o amigo. Foi quando Charles Baskerville lhe mostrou a carta, que contava da maldição.

— O que eu vi naquela noite pode ter estreita relação com a morte do meu amigo Charles — o doutor Mortimer ponderou. — Quando Barrymore encontrou o corpo do patrão, mandou que Perkins, o cocheiro da mansão Baskerville, fosse me buscar. Chegando lá, olhei atentamente em volta do morto. Não havia nada. Porém, um pouco adiante, vi algumas pegadas...

— De homem ou de mulher? — Holmes quis saber.

Mortimer abaixou a voz e, meio sem jeito, sussurrou:

— De um enorme cão de caça, senhor!

Capítulo III

Um problema difícil de resolver

Enquanto eu sentia um certo receio, Holmes mostrava grande interesse nas palavras do médico.
— Como é possível que ninguém tenha percebido as pegadas? — ele perguntou.
— Elas estavam a uns vinte metros do corpo. E ninguém pensou em olhar mais além — Mortimer respondeu.
— Existem muitos pastores alemães no lugar? — Holmes quis saber.
— Sim, mas não havia nenhum por ali. Além do mais, as pegadas eram maiores do que as de um cão dessa raça.
— Conte um pouco sobre aquela noite. Estava frio?
— Era uma noite fria e úmida, pois chovera o dia todo.
Holmes pediu que Mortimer descrevesse o lugar para ele. O doutor então contou que a alameda que levava ao pântano tinha dois metros e meio de largura. Era ladeada por duas fileiras de árvores muito altas, uma encostada na outra. Entre as árvores e o caminho, havia uma faixa de grama. Um portão separava o final da alameda do começo da trilha que dava para o pântano. Se alguém quisesse entrar na alameda, teria de fazê-lo pelo portão ou por uma outra saída, a cinquenta metros, na extremidade oposta. Ali ficava uma pequena casa que era usada nos dias mais quentes. Charles Baskerville morrera, então, a cinquenta metros da casa de verão.
— As marcas estavam do lado do portão que dá para o pântano? — Holmes estava cada vez mais curioso.
— Sim, estavam lá mesmo.
— O portão estava fechado?
— Com cadeado.

— Qual a altura desse portão?
— Pouco mais de um metro — Mortimer concluiu.
— Quer dizer que alguém poderia tê-lo pulado... — Holmes sorriu. — Agora, diga-me: que pegadas o senhor viu junto ao portão?
— Nenhuma. Imagino que Charles tenha ficado por ali de cinco a dez minutos... porque encontrei cinzas do seu charuto em dois lugares... e também impressões digitais dele... — o médico estava pensativo.
— Incrível! — Holmes dirigiu-se a mim. — Nosso amigo médico é um bom observador. Exatamente como você, Watson. Acho que vou pessoalmente até esse lugar. Ah, doutor Mortimer, se o senhor tivesse me chamado naquele instante... — suspirou.
— O melhor detetive do mundo talvez não consiga resolver certas coisas — Mortimer franziu a testa.
— Coisas sobrenaturais, talvez?
— Eu não disse isso. Mas, desde que Charles Baskerville morreu, ouvi falar de muitas coisas que parecem sobrenaturais. Algumas pessoas também avistaram essa criatura no pântano. Parecia um cão de caça descomunal. E, o que é mais impressionante, emanava dele uma luz. Essas pessoas, apesar de terem visto o animal a uma boa distância, relataram que ele se encaixa na descrição feita no manuscrito deixado aos Baskervilles. Estão todos muito amedrontados e incapazes de cruzar o pântano à noite.
— Não consigo entender como um médico pode acreditar na existência de uma criatura sobrenatural... — Holmes tornou a pegar seu cachimbo.
— Nem eu sei em que acreditar — Mortimer balbuciou.
— Quanto às pegadas, crê que foram feitas por um fantasma? — ironizou o detetive.
— Há muitos anos, quando o cão apareceu pela primeira vez, esse fantasma foi tão real que estraçalhou a garganta de Hugo Baskerville.

Sherlock Holmes já estava perdendo a paciência com a ingenuidade do médico. Assim, informou que, se Mortimer continuasse a acreditar que a morte do amigo tinha sido causada por algo sobrenatural, ele nada mais poderia fazer. Afinal, um detetive não investiga fantasmas!
— Mas ainda acho que o senhor ajudaria muito se me desse um conselho... — pediu o doutor Mortimer. — Henry, o sobrinho de Charles, vai chegar a Londres daqui a uma hora e quinze minutos. Ele é o último Baskerville existente. Os advogados de Charles o localizaram nos Estados Unidos. O que o senhor me aconselha a fazer? Eu não gostaria de levá-lo à mansão... — O médico sentia-se de mãos atadas. — Muitas vidas foram ceifadas... mortes terríveis! Ao mesmo tempo, se nenhum herdeiro levar adiante as boas obras de Charles, o povo das redondezas continuará carente — Mortimer continuou.
— A propósito, não conseguiram localizar nenhum outro parente de Charles Baskerville? — Holmes insistiu.
— Bem, o mais jovem dos irmãos de Charles morreu cedo ainda, deixando apenas um filho chamado Henry. O segundo irmão, Rodger, era a ovelha negra da família. Era a própria imagem do falecido e temido Hugo. Fugiu da Inglaterra, escondendo-se na América Central, onde contraiu febre amarela e acabou falecendo, em 1876.
— Hum... talvez fosse melhor o senhor ir ao encontro de Henry Baskerville e não contar nada sobre o ocorrido. Em vinte e quatro horas eu terei uma resposta. — Holmes levantou-se da cadeira, dirigindo-se ao médico. — Traga-o aqui amanhã, às dez horas, e verá.
Antes que o doutor Mortimer se despedisse de Holmes, o detetive fez uma última pergunta:
— Quantas pessoas viram essa aparição no pântano antes da morte de Charles Baskerville?
— Três.
— E depois de sua morte? Alguém viu?

— Não. Eu não soube de ninguém. — E os dois finalmente se despediram.

Eu sabia que, nesses momentos, Holmes gostava de ficar só, pensando no caso a elucidar. Somente ele e seu cachimbo. Assim, decidi sair para dar um passeio. Quando voltei, ao anoitecer, a sala estava repleta de fumaça... do cachimbo de Holmes! Meu amigo detetive nem tinha tirado o roupão.

Num único relance, ele descobriu que eu passara o dia inteiro no clube. Era impressionante como Holmes podia, através da roupa de alguém, perceber minúcias. Era verdade! Eu estivera lá o tempo todo.

— O que você acha do caso? — perguntei.

— É difícil dizer... — Holmes estendeu um mapa sobre seus joelhos.

Enquanto eu estivera fora, Sherlock Holmes conseguira o mapa topográfico da região!

— Imagine a diferença nas pegadas... — ele apontou para o mapa. — Você acha que Charles Baskerville costumava andar na ponta dos pés pela alameda? Somente uma pessoa muito estúpida faria isso. Ele estava fugindo de algo para salvar a própria vida. Correu até que seu coração parou de bater. Foi então que caiu, morto.

— E do que... ou de quem ele corria?

— Acho que nem ele sabia, porque, em vez de dirigir-se até a casa, fugiu no sentido contrário. Devia estar procurando ajuda... que, em hipótese alguma, viria do pântano. Minha próxima pergunta é: por quem ele esperava?

Estranhei muito aquela consideração de Holmes. Como sabia que o senhor Baskerville esperava alguém? Em seguida, ele explicou que, àquela hora e naquele tempo úmido, o fato de Charles ter ficado por cinco ou dez minutos fumando um charuto mostrava que sim. Ninguém naquela idade se arriscaria por tão pouco. O doutor Mortimer tinha notado as cinzas no chão, portanto sua presença ali tinha sido comprovada.

Questionei Holmes se Baskerville não costumava fazer esse percurso todas as noites, ao que ele negou. Achava mais certo que ele evitasse o pântano. Menos naquela noite, véspera de sua partida para Londres.

Em seguida, o detetive pediu-me seu violino. Era assim que costumava exercitar sua massa cinzenta. Tocando.

Capítulo IV

Henry Baskerville

Nossos convidados chegaram pontualmente às dez horas da manhã do dia seguinte. Henry Baskerville era um homem de mais ou menos trinta anos, estatura baixa, olhos escuros e bem atentos. Tinha a aparência de um homem saudável, de bom caráter, que vivia no campo.

Logo depois que o doutor Mortimer fez as apresentações necessárias, Henry Baskerville falou:

— Preciso de sua ajuda, senhor Holmes. — Tirou um envelope do bolso, mostrando-o a Sherlock. — Recebi esta carta hoje cedo.

O detetive colocou a carta em cima da mesa e nós nos curvamos para observá-la atentamente. Estava endereçada a Henry Baskerville, Hotel Northumberland. Tinha sido postada no correio de Charing Cross, no dia anterior. O estranho é que, exceto o doutor Mortimer e o próprio Henry Baskerville, ninguém sabia que ele se hospedaria nesse hotel. Henry só decidira isso depois de chegar à cidade.

— Alguém está muito interessado no senhor — Holmes comentou. — Vejamos... — Passou a examinar o envelope. Em seguida, tirou a folha dobrada em quatro e a abriu sobre a mesa. Nas letras recortadas de jornais e coladas no papel, pudemos ler a mensagem:

Antes que eu comentasse que a palavra *pântano* era a única escrita à mão, Henry Baskerville indagou:

— O que isto quer dizer, senhor Holmes? Quem pode estar interessado em mim?

— Pelo visto, alguém com muita pressa — observou o detetive. — Reparem bem neste bilhete... Talvez o autor o tenha escrito num hotel. Vejam como se atrapalhou com a caneta e a tinta. A pena falhou aqui e ali. O tinteiro estava quase seco. Se a caneta fosse dele, isso provavelmente não aconteceria. Watson, você pode me arrumar o jornal de ontem? O *Times*, evidentemente — Holmes pediu.

Assim que eu trouxe o jornal, ele deu uma olhada e apontou para um artigo sobre economia.

— As palavras do bilhete só podem ter sido tiradas do *Times*. A tipologia é bem peculiar. Nosso amigo misterioso usou exatamente este texto sobre economia. Vejam estas palavras: valor, vida, se, fizer... Também posso concluir que utilizou

uma tesoura de unha para recortar... Notem bem os picotes em "se você": ele aproveitou que as duas palavras estavam juntas.
— Incrível! — Ficamos todos boquiabertos.
Holmes continuou se gabando de suas qualidades.
— E por que ele não recortou a palavra *pântano*, preferindo escrevê-la à tinta? — Henry Baskerville quis saber.
— Simplesmente porque não a encontrou no jornal. Elementar, meus caros! — Sherlock Holmes acendeu seu cachimbo. — Para completar, o nosso homem misterioso é culto, já pudemos perceber pelo jornal que lê. Mas quis se passar por uma pessoa mais simples, sem estudo. Assim, deixou as palavras desalinhadas. Provavelmente tinha pressa e não queria ser reconhecido. Há alguma coisa que queira nos contar, senhor Henry Baskerville? Algo inusitado, diferente, incomum?... — Holmes disparou.
— Bem, é esquisito dizer, mas perdi uma das minhas botas marrons ontem à noite. Eu pedi para que fossem engraxadas e as coloquei na entrada do meu quarto. Hoje de manhã, quando abri a porta para pegá-las, só havia um pé. Não é estranho?
— Ninguém pode fazer nada com um único pé de bota... — ponderou Sherlock Holmes. — Tenho certeza de que vão achá-lo e devolvê-lo.
— Bem, agora eu gostaria que alguém me explicasse o que aconteceu aos meus antepassados.
O doutor Mortimer, então, leu o antigo manuscrito. Em seguida, Holmes contou-lhe sobre a morte de Charles Baskerville. Ambos acreditavam que seria bem mais seguro se Henry permanecesse longe da mansão dos Baskervilles.
— Desculpem-me, senhores, mas vai ser muito difícil impedirem minha ida à propriedade de minha família! — sua voz alterou-se. — Contudo, vou pensar no assunto. Enquanto isso, convido o senhor Holmes e o doutor Watson para almoçarem comigo no hotel. Até lá, já terei decidido o que fazer. — E despediu-se de nós, sendo seguido pelo doutor Mortimer.

Assim que eles saíram, Holmes sussurrou:
— Depressa, Watson! Pegue seu casaco e seu chapéu. Vamos segui-los.

Em um minuto, já nos encontrávamos na rua, seguindo nossos simpáticos visitantes. Eles estavam a quase cem metros adiante, quando Holmes me puxou, mostrando uma carruagem.

— Venha, Watson. Lá está o nosso homem... — Ele apontou para alguém dentro de uma carruagem, do outro lado da rua.

O homem da carruagem tinha uma barba preta e seguia os nossos amigos de perto. Quando ele desviou o olhar em nossa direção, pediu que o cocheiro partisse dali imediatamente e escondeu-se atrás da cortina. Procuramos uma carruagem para segui-lo, mas não encontramos.

— Pelo menos consegui o número da carruagem — Holmes nunca perdia tempo. — Agora fica mais fácil localizar o cocheiro. Com certeza, ele poderá contar alguma coisa sobre o passageiro barbudo. Acha que se o visse novamente poderia reconhecê-lo? — perguntou-me.

— Hum... talvez só a barba... — fiquei meio em dúvida.

— É aí que verificamos o quanto nosso suspeito é inteligente. A barba é falsa, meu amigo. Ele fez questão de aparecer atrás da cortina da carruagem, não acha? Percebe que sem esse disfarce poderíamos reconhecê-lo facilmente? Elementar, meu caro Watson!

Não havia como negar. Sherlock Holmes era realmente um homem incrível.

Depois dessa corrida exaustiva, o detetive decidiu procurar um escritório de mensageiros. Ao chegar lá, chamou um rapazinho de nome Cartwright, que costumava lhe prestar certos favores. Deu-lhe algumas moedas e uma lista de hotéis do bairro. Em seguida, recomendou que o garoto falasse com todos os porteiros desses hotéis e pedisse o conteúdo dos cestos de lixo do dia anterior. O dinheiro serviria de gratificação para esses funcionários. Mostrou então a mensagem feita de recortes e pediu que o menino encontrasse um jornal com aquele tipo de letra. Assim que possível, deveria avisá-lo por meio de um telegrama endereçado a Sherlock Holmes — Baker Street, 221B.

Depois disso, Holmes resolveu ir atrás do cocheiro. Ao localizar o escritório de registro de profissionais desse ramo, enviou uma mensagem. Tão logo fosse encontrado, o condutor da carruagem número 2704 deveria apresentar-se à Baker Street, 221B... Casa e escritório do detetive Sherlock Holmes, evidentemente.

Como se não bastasse toda essa atribulação, Holmes ainda quis visitar uma galeria... Tudo isso antes de nos encontrarmos com Henry Baskerville para o almoço. Eu precisava ter dez ou quinze anos a menos para acompanhar o fôlego do meu amigo detetive.

Capítulo V

Um inimigo inteligente

Assim que chegamos ao hotel, Holmes pediu para olhar o registro dos hóspedes. Fez algumas perguntas e descobriu que o nosso inimigo misterioso não tinha se hospedado ali. Os três únicos visitantes eram frequentadores daquele estabelecimento.

O senhor Henry Baskerville ficou muito contente quando nos viu chegar. Estava um pouco contrariado com o desaparecimento de um outro pé de sapato.

— Desta vez, levaram um pé de sapato preto... É possível isto? — Ele deixou transparecer um sotaque diferente, que não detectamos na sua visita à casa de Holmes.

Henry estava nervoso e gritava com o gerente. Aquela história do sumiço dos sapatos era realmente muito misteriosa.

— Eu a acho muitíssimo interessante... — o detetive deixou a frase no ar. — O desaparecimento dos sapatos e a morte do seu tio são dois acontecimentos inusitados... E tenho certeza de que têm uma ligação. É preciso descobrir o elo entre eles e seguir o fio certo — finalizou.

Henry Baskerville nos conduziu ao restaurante do hotel. Durante o almoço, disse que decidira finalmente ir à mansão de sua família. Holmes concordou com ele; era o melhor a se fazer.

Foi então que o herdeiro relatou ter visto um homem de barba preta seguindo-os. Perguntou ao doutor Mortimer se ele conhecia alguém com aquelas características. O médico respondeu que sim. Só podia ser Barrymore, o criado de Charles Baskerville.

— Precisamos verificar se ele está em Londres ou na mansão dos Baskervilles... — Holmes decidiu enviar um telegrama a Barrymore. A mensagem era esta:

"Está tudo preparado para a chegada de Henry Baskerville?".

Em seguida, escreveu outro telegrama ao correio local, dizendo:

"O telegrama enviado ao senhor Barrymore deve ser entregue em mãos. Na ausência dele, deverá ser devolvido a Henry Baskerville, no Hotel Northumberland, Charing Cross, Londres".

Depois de colocar a mensagem no envelope, Holmes disse:

— Dessa forma, saberemos se Barrymore está em Devonshire ou não.

— Desculpe, senhor Holmes, mas quem é esse Barrymore? — Henry Baskerville indagou.

O doutor Mortimer explicou que ele era o caseiro de Charles Baskerville. Tanto ele quanto sua esposa eram pessoas muito respeitadas por ali.

— Eles devem aproveitar muito bem o tempo livre, pois nunca há ninguém na mansão... — ironizou Henry.

Holmes quis saber se o casal havia recebido alguma herança por parte de Charles Baskerville. O médico confirmou que o falecido deixara mil libras para Barrymore e sua mulher, e que o testamento tinha outros beneficiários.

— Espero que o senhor não comece a duvidar de cada um deles — Mortimer sorriu. — Até porque eu também recebi a quantia de mil libras — acrescentou.

— Mas isso é mesmo interessante! — Holmes exclamou. — E quem mais recebeu parte da herança?

— Muita gente. — Mortimer fez um sinal com a cabeça. — Além disso, Charles fez doações para inúmeros hospitais e instituições de caridade. O restante foi para o seu sobrinho, Henry Baskerville.

— Eu recebi a maior quantia, senhor Holmes: setecentos e quarenta mil libras. — Henry Baskerville olhou para o detetive, procurando em seu rosto uma expressão de espanto. No entanto, Sherlock Holmes apenas comentou que não sabia se aquela era ou não uma grande soma.

— Ninguém sabia que Charles era tão rico. Depois da sua morte, verificou-se que sua herança beirava um milhão de libras — o doutor Mortimer declarou.

— Meus caros amigos, isso é motivo suficiente para levar alguém a cometer um crime. Se alguma coisa acontecesse ao senhor Henry, para quem iria a herança, a mansão dos Baskervilles e as terras ao redor? — Holmes perguntou ao médico.

Mortimer explicou que, como Rodger Baskerville havia morrido e não deixara herdeiros, a fortuna iria para James Desmond, primo distante de Charles Baskerville. Mas esse primo, um sacerdote bem idoso, já recusara uma doação por parte de Charles.

Sherlock Holmes agradeceu a explicação. Em seguida, Henry Baskerville nos convidou para uma xícara de chá em uma sala particular dos seus aposentos no hotel.

Subimos. Enquanto tomávamos o chá, Holmes sugeriu que Henry levasse alguém de sua confiança para a mansão. Em hipótese alguma poderia ir desacompanhado, pois corria perigo de vida.

— Meu amigo, o doutor Watson, poderá fazer-lhe companhia. Não há em quem eu confie mais — garantiu. — Infelizmente, não terei como acompanhá-los, porque preciso resolver um outro caso aqui em Londres. Mas, assim que me livrar dessa incumbência, encontrarei com os senhores na mansão — disse o detetive.

Fiquei envaidecido com o elogio de Holmes. Henry Baskerville também apreciou a ideia da minha companhia.

Quando nos preparávamos para sair, Henry deu um grito, surpreso:

— Vejam! Aqui está a bota marrom que tinha desaparecido. — Ele a avistou embaixo da mesa.

— Que estranho... Nós a procuramos tanto antes do almoço... e nada! — o doutor Mortimer completou.

Henry Baskerville perguntou aos empregados do hotel, mas ninguém pôde explicar como a bota tinha ido parar lá. Assim, tínhamos um outro mistério a ser resolvido.

Voltamos de carruagem para a Baker Street, e Holmes não disse uma só palavra. Permaneceu sentado, fumando o seu cachimbo até o começo da noite.

Um telegrama quebrou aquele silêncio um pouco antes do jantar. Era de Henry Baskerville e dizia:

"Fiquei sabendo que Barrymore está na mansão Baskerville".

— O mistério do homem da barba preta continua sem solução — Holmes constatou. — Mas acho que disso podemos tirar uma outra resposta.

Naquele exato momento, a campainha tocou. Era o condutor da carruagem do homem misterioso.

O cocheiro, de aspecto bem rude, quis saber qual a reclamação que Holmes tinha feito sobre seu serviço. Durante sete anos nessa profissão, jamais alguém se queixara dele. Coitado! Mostrava-se bem aborrecido.

O detetive, então, gratificou-o com algumas libras, o que o deixou mais calmo. O homem deu seu endereço pessoal, caso Holmes precisasse encontrá-lo novamente. Depois, contou sobre o passageiro que trouxera até Baker Street e que ficara nos observando.

Eu nem imaginava que o homem da barba preta estivera vigiando a casa de Holmes naquela mesma manhã, quando recebemos a visita do doutor Mortimer e de Henry Baskerville.

— Ele falou que era detetive, senhor. E que eu não deveria contar a ninguém sobre ele... — respondeu John Clayton.

— Disse também o seu nome.

Holmes e eu mal pudemos disfarçar a nossa alegria.

— E qual é o nome dele? — falamos ao mesmo tempo.

— Seu nome era Sherlock Holmes — disse o cocheiro.

— Mas... mas que toque de mestre! — Holmes sorriu. — Estamos lidando com alguém muito, muito inteligente, Watson. — Continue... onde pegou esse passageiro?

O cocheiro explicou que o apanhara na Trafalgar Square às nove e meia da manhã. O homem lhe dera um bom dinheiro para que o levasse até a porta do Hotel Northumberland.

— Quando o passageiro viu dois homens deixando o hotel, mandou que eu os seguisse até a sua casa, senhor... — o cocheiro continuou. — Depois que eles saíram daqui, o homem pediu que eu o levasse rapidamente para a estação de Waterloo. Lá ele pegou um trem, e eu não o vi mais.

Holmes solicitou que John Clayton descrevesse o passageiro. Ele contou que o homem estava bem-vestido, era pálido e tinha uma barba preta. Aparentava uns quarenta anos e não era muito alto. Quanto à cor dos olhos, o cocheiro não soube dizer.

Sherlock Holmes agradeceu e o dispensou, com mais uma gratificação.

— Estamos lidando com um homem inteligente. Ele

sabia que eu iria atrás do cocheiro e quis brincar comigo, ao se fazer passar por mim. Vai nos dar trabalho, Watson. E muito!

Logo em seguida, um telegrama chegou. Desta vez, do rapazinho que Holmes contratara para percorrer os hotéis. Ele dizia que não havia encontrado nenhum jornal recortado nos vinte e três estabelecimentos que verificara.

Eu já ia dormir quando o detetive chamou-me à biblioteca. Ele estava em sua poltrona preferida, de roupão, fumando seu cachimbo.

— Tome cuidado na mansão dos Baskervilles, meu caro amigo. Só ficarei tranquilo novamente quando você voltar para a Baker Street. — Foi a última recomendação de Holmes naquele dia.

Capítulo VI

A mansão Baskerville

Sherlock Holmes fez questão de acompanhar a mim e Henry Baskerville até a estação de Paddington. No caminho, voltou a me aconselhar:
— Fique atento aos moradores do local. Muito atento!
Holmes quis saber se eu estava carregando minha arma. Eu disse que sim, por mera precaução.
Ao chegarmos à estação, encontramos o doutor Mortimer e seu cãozinho, que começou a balançar o rabo assim que me viu.
Antes de despedir-se, Henry contou a Holmes que o outro sapato ainda não aparecera. Isso nos intrigava cada vez mais.
A viagem a Devonshire foi agradável e passou rapidamente. Pela janela, víamos vacas pastando nos campos, a rica vegetação... Até que surgiram algumas colinas escuras e constatamos que, ao redor delas, só podia estar o temível pântano.
— Apesar de já ter viajado muito, Watson, acho que nada se compara às paisagens de Devonshire — Henry disse, olhando maravilhado pela janela.
Ao descermos do trem, fomos recebidos por carregadores e seu chefe, além de um cocheiro não muito simpático.
Entramos na carruagem, e Mortimer ordenou que o condutor seguisse em direção à mansão dos Baskervilles.
Assim que deixamos a estação, vimos um policial a cavalo. Carregava uma arma e observou-nos atentamente ao passar.
O doutor Mortimer perguntou ao cocheiro sobre a presença de um policial ali. Ele respondeu que um criminoso escapara da prisão havia três dias e que a população estava temerosa.
— Sabe dizer o nome dele? — o médico quis saber.

— Sim, senhor... O nome dele é Seldon. Aquele criminoso que cometeu um assassinato em Londres.

Eu me lembrava muito bem desse fato. À época, Holmes mostrara grande interesse pelo caso, que foi de uma brutalidade tremenda. Um vento frio entrou pela janela e fiquei imaginando um animal assassino vagando pelo pântano... Parecia que os meus amigos tinham sentido a mesma coisa, pois um silêncio profundo tomou conta de nós.

A estrada foi ficando cada vez mais deserta. Uma ou outra casa surgia, triste, sem plantas, rodeada por pedras. A noite caiu escura e fria, e tivemos de vestir mais casacos.

— Lá está a mansão dos Baskervilles! — O silêncio que nos rondava foi rompido pelo aviso do cocheiro.

Os olhos de Henry Baskerville brilharam de emoção.

Quando nos aproximamos do portão principal, pude admirar as duas colunas altíssimas, já bem arruinadas pelo tempo. Em cima de cada uma, a esfinge de um javali, o símbolo da família Baskerville. O portão de ferro, ricamente trabalhado, foi aberto pelo cocheiro.

Em seguida, passamos por uma portaria de granito preto, recém-reconstruída. Heras subiam por uma das paredes, sugerindo que, em alguns meses, encobririam todas elas.

Depois, seguimos pela alameda que levava à mansão. O chão forrado de folhas amortecia o barulho das rodas da carruagem. Em ambos os lados do caminho, imensas árvores quase formavam um túnel a nos engolir.

Henry Baskerville estremeceu ao avistar a mansão ao longe. Alta, sombria, impenetrável!

— Foi aqui... que tudo aconteceu? — ele indagou.

— Não... foi do outro lado — apontou Mortimer.

— Este lugar é sombrio o suficiente para assustar qualquer homem! — Henry exclamou. — Em pouco tempo, vou mandar instalar luz em toda a alameda. Não é possível viver com tamanha escuridão. — Ele observou que saía uma fumaça escura de uma das chaminés da casa.

— Bem-vindo à mansão Baskerville, senhor Henry! — Barrymore e sua esposa estavam a postos para nos receber.

Assim que o casal levou nossa bagagem para os quartos, o doutor Mortimer despediu-se de nós. Henry e eu fomos para a sala da lareira e sentamos bem perto do fogo para espantar o frio. O recinto era enorme, com um pé-direito altíssimo, encimado por pesadas vigas de madeira.

— Engraçado... Sempre imaginei que a casa dos meus antepassados fosse assim! — Henry Baskerville não parava de olhar em volta.

Barrymore interrompeu nossa conversa, convidando-nos para subir aos nossos aposentos. Ele era um homem alto, bem simpático, com uma barba preta bem espessa.

Os quartos ficavam no andar de cima e eram tantos que nem pude contá-los. O meu ficava próximo ao de Henry, na ala mais moderna da casa. O outro lado do corredor era mais escuro, e seu papel de parede estava bastante envelhecido. Após o banho, vesti outra roupa e desci, à espera do jantar.

A sala de jantar era escura, com poucas luzes. Em volta da imensa mesa retangular, encontravam-se inúmeros quadros dos antepassados da família Baskerville, em suas diferentes vestimentas. Todos muito sérios, pareciam observar-nos atentamente.

— Posso servir o jantar, senhor? — Barrymore quis saber, fazendo uma leve reverência.

— Sim, por favor... — Henry respondeu.

— Minha esposa já providenciou água quente nos dois quartos. Acredito, senhor, que a casa necessite de mais empregados. Quando o senhor Charles era vivo... — sentimos uma leve ondulação na sua voz — ... minha mulher e eu dávamos conta das tarefas. Mas, agora que o senhor está aqui, talvez deseje companhia. E isso requer mudanças em relação aos criados.

— Quer dizer que pensam em sair da mansão? Mas estão aqui há anos servindo a família! — Henry Baskerville protestou ligeiramente. — O que pretendem fazer?

Barrymore explicou que a morte de Charles Baskerville tinha sido um choque muito grande para eles. Porém, com o dinheiro deixado pelo patrão, poderiam abrir algum negócio rendoso.

Henry Baskerville teve de concordar com o casal. Se possuíam algum dinheiro, era mais do que justo que tentassem recomeçar a vida.

Depois do jantar, nos despedimos e subimos, cada um para o seu quarto.

Senti uma certa melancolia naquela mansão enorme, escura, fria e solitária. Assim, afastei a cortina da janela, que dava para o gramado da frente da casa. Lá fora, o vento fazia as árvores sacudirem, gemendo uma triste sinfonia. Súbito, a lua crescente saiu de trás das nuvens, iluminando uma curva do pântano. Senti um arrepio pelo corpo e, apressado, fechei a cortina.

Deitei, mas não consegui dormir. Fiquei virando de um lado para o outro, ouvindo o soar do relógio carrilhão.

De repente — e eu juro pelo que há de mais sagrado no mundo —, ouvi um grito de mulher. Na verdade, era o choro de quem sentia a mais profunda tristeza. O som, com certeza, não vinha de fora. Era de alguém que estava dentro da mansão!

Levantei e abri a porta, mas não ouvi mais nada. Deitei-me novamente e, mesmo intrigado com aquele lamento tão triste, acabei pegando no sono.

Capítulo VII

O casal Stapleton

O dia amanheceu ensolarado, e alguns pássaros cantando nas árvores alegraram o meu despertar.

Durante o café da manhã, contei a Henry sobre o choro da mulher na noite anterior.

— Eu também pensei ter ouvido, mas achei que estava sonhando; virei para o outro lado e dormi. — Ele resolveu chamar Barrymore para uma explicação.

Quando Henry perguntou quem tinha chorado naquela noite, o mordomo empalideceu.

— Só há... duas mulheres... na mansão, senhor... — ele gaguejou. — Uma delas é a empregada, que dorme do outro lado da casa. A outra é minha esposa. E posso garantir que ela não esteve chorando.

Após o café, encontrei a senhora Barrymore ao subir a escada para os quartos. O mordomo havia mentido! Sua esposa tinha os olhos bem vermelhos, o que demonstrava ter chorado bastante. Por que ele mentira? Seria ele o homem da barba preta que seguira Henry Baskerville em Londres?

Já que Henry tinha de inteirar-se sobre alguns documentos, eu podia visitar o correio da cidade. Precisava saber se o telegrama chegara realmente às mãos de Barrymore.

Grimpen era o nome do lugarejo mais próximo. A casa do doutor Mortimer era vizinha ao correio e próxima ao hotel.

Assim que cheguei ao correio, perguntei a um homem:

— O telegrama que chegou ontem foi entregue pessoalmente ao senhor Barrymore?

— Sim, claro! — respondeu o responsável. — Pedi ao meu filho que o entregasse em mãos. James, venha cá, meu filho... — Assim que ele chamou, o rapazinho apareceu.

— Você entregou o telegrama ao próprio senhor Barrymore ontem, não foi?

O garoto ficou um pouco atrapalhado para explicar-se, mas, em poucos segundos, contou que, como o senhor Barrymore estava no sótão, sua esposa recebeu o telegrama por ele.

— Você o viu? — eu insisti na pergunta.

— Não, senhor... — O menino abaixou os olhos. — Mas a mulher disse que entregaria para ele.

Despedi-me dos dois. No caminho, pensei em Holmes e em como ele esperava obter uma resposta ao enviar o telegrama.

Meus pensamentos foram interrompidos pelo som de passos bem atrás de mim. Uma voz chamou-me pelo nome. Eu virei, esperando ver o doutor Mortimer, mas, para minha surpresa, era uma pessoa totalmente estranha.

O homem era de baixa estatura, magro, tinha a barba benfeita, cabelos claros, entre trinta e quarenta anos, vestia um terno cinza e usava um chapéu de palha. Do seu ombro pendia uma caixa com alça e, numa das mãos, uma rede para pegar borboletas.

— Desculpe a intromissão, doutor Watson... — o homem abordou-me. — Permita que eu me apresente: sou Stapleton e estava há pouco na casa do doutor Mortimer. Quando o senhor passou, ele me contou quem era. Posso acompanhá-lo em seu passeio? — perguntou, cheio de gentilezas.

Como não vi nenhum inconveniente nisso, concordei. O caminho que eu estava fazendo, coincidentemente, era o mesmo que o dele. Assim, decidi aceitar o convite para um chá em sua casa, na companhia de sua irmã. Stapleton explicou que, ali nas redondezas, ninguém esperava pelos convites formais. As pessoas apresentavam-se, iam conversando, fazendo amizade e pronto. Ele nem precisou dizer que era um naturalista. A rede para pegar borboletas e a caixa onde as mantinha guardadas já mostravam isso.

— Como está passando o sobrinho de Charles Baskerville? — ele quis saber.

— Ele está muito bem, obrigado — respondi, enquanto caminhávamos.

— Depois da morte do senhor Baskerville, ficamos com medo de que Henry não quisesse mudar-se para cá. Deve ser desagradável para um homem rico como ele enterrar-se neste lugarejo... — Stapleton deu um longo suspiro. — Espero que ele também não acredite em superstições — finalizou.

— Tenho certeza de que ele não é um homem supersticioso — eu disse.

Stapleton, então, contou que muitas pessoas tinham visto a tal criatura que assombrava o lugar. Ele, pessoalmente, achava que Charles Baskerville morrera do coração ao defrontar-se com a terrível fera. Sua doença, portanto, havia se agravado com aquela visão horrenda.

Indaguei como ele tivera conhecimento de que Charles Baskerville era portador de uma doença cardíaca, e ele respondeu que fora por intermédio de seu amigo, o doutor Mortimer.

— O que o seu amigo Sherlock Holmes pensa disso? — Aquela pergunta me surpreendeu mais do que qualquer coisa.

— Perdão por perguntar isso, mas ninguém aqui ignora que ele é o melhor detetive que existe... E todos sabem que o senhor, doutor Watson, costuma acompanhá-lo em seus casos famosos. Será que ele virá nos fazer uma visita futuramente?

— Não sei dizer... — Eu realmente não tinha uma resposta. — No momento, ele não pode sair de Londres, pois tem outros problemas para solucionar.

— Que pena!... De qualquer forma, ficarei muito feliz se puder ser útil ao senhor com alguma informação — ofereceu.

Agradeci, dizendo que estava ali apenas como hóspede de Henry Baskerville.

Fiquei na dúvida se deveria voltar à mansão Baskerville ou continuar, mas lembrei-me das palavras de Holmes antes de chegarmos à estação de Paddington: "Fique atento aos moradores do local. Muito atento!".

Além do mais, Henry estaria ocupado o dia inteiro, verificando as contas de seu tio, portanto eu não tinha nada a temer.

Assim, continuamos a nossa caminhada. Stapleton contou que ele e sua irmã moravam em Devonshire havia dois anos. Estabeleceram-se no local pouco depois de Charles Baskerville.

— Minha irmã é uma mulher muito inteligente... além de ser bem bonita — acrescentou.

Mais adiante, Stapleton apontou o pântano. A princípio, achei maravilhosa aquela paisagem: os pastos verdes mais pareciam uma relva fofa, e o verde-claro das gramíneas formava um lindo contraste com o verde-escuro das árvores gigantescas e o cinza das pedras das colinas.

— O pântano é lindo! — Stapleton exclamou, extasiado.
— Como pode um lugar ser tão bonito e terrível ao mesmo tempo? Veja! — Ele mostrou os lugares onde a cor verde-clara predominava. — O que vê de diferente naquela parte? — perguntou-me.

— Bem, parece um lugar bastante fértil... — arrisquei.

— Aquele lamaçal é mais conhecido pelo nome de Lodo Grande. Um passo em falso significa morte certa — ele completou. — Uma vez, vi um cavalo enorme ser sugado em poucos segundos. É perigoso passar por ali até mesmo na época da seca. Com as chuvas de outono, então, nem se fala. Nossa! Olhe lá outro cavalo que caiu no pântano. Coitado!

Foi aí que pude perceber o que de tão terrível acontecia ali. O animal afundava rapidamente e nada podíamos fazer. Ele retorcia o pescoço e relinchava. E, antes que déssemos dez passos, uma espessa camada de lama calou aquela espécie de grito de socorro.

Senti um frio percorrer-me a espinha, e meu coração ficou tomado de horror. No entanto, meu amigo de caminhada continuou falando, como se aquilo não o abalasse em nada.

— Há algum modo de entrar no pântano de forma segura, sem ser engolido por ele? — perguntei.

— Sim, há dois ou três caminhos... E eu os encontrei! — ele exclamou, empolgado.

— E o que o fez procurar esses caminhos mais seguros?

Stapleton indicou algumas colinas além do pântano. Era lá que viviam as espécies mais raras de borboletas.

— Quem sabe eu possa tentar a sorte um dia desses... — insinuei.

— Não faça isso, pelo amor de Deus! Vou sentir um remorso enorme só de ter mencionado esses caminhos para o senhor. — Ele apertou meu braço com força.

— Espere... Que som é esse? — estranhei.

Um gemido longo e muito triste encheu o pântano. Em seguida, transformou-se em rugido e depois perdeu força.

— O que é isso? — tornei a indagar.

— Os lavradores dizem que é o cão dos Baskervilles chamando sua presa... para matá-la! Já tinha ouvido esse... latido... uma ou duas vezes. Mas não tão alto como agora!

Eu olhei ao redor do pântano e senti um arrepio de medo.

— Como um homem que lida com a ciência diariamente pode acreditar numa tolice dessas? De onde vem esse barulho? Será algum eco? — indaguei.

— Os pântanos têm ruídos próprios. A lama e a água juntas podem ocasionar barulhos bem curiosos.

Eu não concordava com isso. Aquele rugido era de uma criatura viva, e não obra da natureza.

Stapleton achou que talvez pudesse ser o som de um pássaro raro, que existia somente naquele lugarejo. Mas eu descartava também essa hipótese.

Olhei para a encosta de um dos morros e notei umas cavidades na pedra. Stapleton explicou que se tratava de moradias pré-históricas, do período neolítico. Os homens viviam pelos pântanos e construíam casas nas encostas. Os telhados desapareceram com o tempo, mas as casas, dezenas delas, estavam bem preservadas. Eles criavam gado e escavavam os morros à procura de estanho.

— Um momento, doutor Watson... Acabo de ver um *Cyclopides*! — E Stapleton, munido de sua rede, saltou atrás de um inseto, que mais parecia uma mariposa.

Fiquei observando o meu novo companheiro, temeroso de que ele, num descuido, também afundasse no lamaçal, quando ouvi um sussurro de mulher atrás de mim:

— Volte! Volte para Londres imediatamente, senhor!

Ao me virar, deparei com uma jovem de grande beleza. Tipo incomum entre os ingleses, ela era bem morena, alta e elegante. Trajava um vestido de corte impecável, que destoava completamente daquele cenário. Como ela vinha do caminho que levava à casa de Stapleton, deduzi que fosse a irmã dele.

Tirei meu chapéu e cumprimentei a moça. No entanto, seus olhos, muito arregalados, continuavam observando os saltos do irmão, bem ao longe. Sem me encarar, ordenou novamente:

— Saia deste lugar... o mais rápido que puder!

— E por que eu deveria fazer isso? — perguntei.

— Agora não posso explicar... — ela respondeu em voz baixa. — Apenas escute o que estou dizendo e creia nisso, com todo o seu coração.

— Mas eu acabei de chegar de Londres... — insisti.
— Homem de Deus! Não é capaz de entender que é para o seu próprio bem? Veja... — Apontou para trás. — Meu irmão está vindo. Não comente uma só palavra do que eu disse. — E, com a intenção de disfarçar o assunto de que tratávamos, pediu que eu pegasse uma orquídea num lugar inacessível para ela.

Stapleton voltou, respirando com dificuldade.

— Olá, minha querida irmã Beryl! — Ele se aproximou e beijou-a no rosto. — Pelo que vi, já se apresentou ao meu amigo doutor Watson...

Parecendo não ouvir o que o irmão dissera, Beryl falou apressadamente:

— Começava a contar ao senhor Henry Baskerville sobre as belezas do pântano. — Ela estava um pouco vermelha pela mentira.

— Acho que cometeu um erro, cara irmã... Falta de diálogo, talvez? — Stapleton comentou. — Quem disse que este é Henry Baskerville?

— Não é sua culpa... — apresentei-me finalmente. — Sou o doutor Watson e estou aqui para visitar um amigo.

Beryl pediu desculpas pelo engano e reforçou o convite do irmão para que eu fosse visitá-los.

A casa não ficava muito longe do pântano. Assim, a paisagem continuava composta por árvores retorcidas. Um pomar ao redor da residência emprestava-lhe um ar mais saudável. Embora fosse uma construção bem antiga, sua decoração era moderna e agradável.

Eu me perguntava por que um casal de irmãos escolhera viver num lugar tão solitário e lúgubre como aquele, quando o próprio Stapleton pareceu adivinhar meus pensamentos:

— Lugar estranho para se morar, não acha? — E, dirigindo-se à irmã: — Mas somos bastante felizes aqui, não é, Beryl?

— É verdade... — ela disse, mas eu não senti nenhuma convicção em sua resposta.

Então Stapleton contou os vínculos que tinha com o lugar. Ele fora proprietário de uma escola no Norte da Inglaterra. Mas, durante uma epidemia, três de seus alunos morreram e ele acabou fechando o estabelecimento, pois nunca se recuperou do golpe. Os garotos eram seus colaboradores nas pesquisas, e aquele episódio tinha sido terrível também nesse aspecto. Depois que se mudara para Devonshire, readquirira o gosto pelos estudos de zoologia e botânica. Ali tinha bons vizinhos, como o doutor Mortimer e Charles Baskerville. Este último, para o seu pesar, tinha morrido recentemente. Beryl também adorava viver junto à natureza.

— Charles Baskerville nos faz muita falta, doutor Watson... O senhor acharia muito precipitado visitar Henry Baskerville hoje à tarde? — Stapleton perguntou, de repente.

— Creio que ele vai gostar bastante da sua visita — respondi. — Bem, neste caso, vou voltar à mansão e avisá-lo. — E despedi-me dos dois.

— Não quer ver minha coleção de lepidópteros? Depois poderá almoçar conosco, antes de voltar à mansão — Stapleton sugeriu.

Mas eu tinha realmente resolvido voltar. Estava preocupado com Henry Baskerville. O pedido de Holmes para que nunca o deixasse sozinho e as palavras da senhorita Beryl não saíam de minha mente.

Já fazia alguns minutos que eu estava caminhando, quando avistei a irmã de Stapleton sentada numa pedra. Com certeza conhecia algum atalho, pois chegara ali antes de mim.

— Desculpe, doutor Watson... Corri tanto para alcançá-lo! — Ela estava linda e ofegante. — Perdão pelo erro que cometi. Pensei que fosse Henry Baskerville. Meu conselho não se aplica ao senhor. Esqueça o que eu disse, por favor. — Beryl sorriu.

— Não posso esquecer... — respondi. — Sou amigo de Henry Baskerville, e seu bem-estar me interessa muito. Por que acha que ele precisa voltar a Londres imediatamente?

— O senhor já ouviu falar do cão dos Baskervilles? Tem ideia da maldição que pesa sobre essa família?

— Sim, ouvi dizer... Mas não acredito em maldições — respondi. — Por favor, senhorita Beryl, fale com sinceridade. Diga o que sabe, e então poderei alertar meu amigo sobre o perigo que ele está correndo.

Um certo ar de dúvida tomou conta do rosto da moça, mas logo ela se refez, respondendo:

— Acho que deu muita importância às minhas palavras, doutor Watson. Ficamos arrasados com a morte do senhor Charles. Ele adorava caminhar pelo pântano, vir à nossa casa... Ultimamente, andava impressionado com a maldição que rondava sua família. Quando a tragédia aconteceu, mal pudemos acreditar. E, ao saber que mais um Baskerville tinha vindo para cá, senti que devia adverti-lo do perigo.

— Se a senhorita pretendia apenas dar esse conselho, por que o fez longe de seu irmão? — eu quis saber.

— Ele quer que a mansão seja habitada. Um herdeiro pode tomar providências para que os pobres da região continuem sendo assistidos. Ficaria muito bravo comigo se soubesse que eu disse algo para afastar Henry Baskerville daqui. Mas acho que fiz a minha parte, cumpri meu dever... — Beryl despediu-se de mim, pois não queria que Stapleton percebesse sua ausência.

Depois dessa rápida conversa, voltei pensativo à mansão dos Baskervilles.

Capítulo VIII

O primeiro relatório para Sherlock Holmes

Transcrevo aqui o primeiro relatório que enviei ao meu amigo Holmes. Como ele havia pedido, procurei narrar todos os acontecimentos e minhas suspeitas sobre a trágica morte de Charles Baskerville.

Mansão Baskerville, 13 de outubro

Caro Holmes,

Espero que minhas cartas e telegramas tenham mantido você a par dos acontecimentos.
Como deve imaginar, o lugar aqui é bem solitário, sombrio e úmido. Ele possui alma própria, e essa alma acaba envolvendo a nossa, tornando-a tão lúgubre quanto o próprio pântano.
Desculpe-me por não ter enviado nenhum outro relatório anteriormente, mas é que nada de tão importante havia ocorrido. Houve um fato, na verdade, mas prefiro comentá-lo em outra ocasião. Agora é preciso relatar outros detalhes.
Um deles é a fuga de um criminoso para estas redondezas. Ele escapou da prisão de Princetown. Há quinze dias não se tem notícias dele. Acho impossível que esteja escondido no pântano durante todo esse tempo. Lá não há nada para comer, a menos que se encontre uma ovelha desgarrada. Acreditamos que ele não está mais por aqui e, assim, estamos mais tranquilos.
Somos cinco pessoas aqui na mansão: eu, Henry Baskerville, Barrymore e sua esposa e mais uma empregada. O que me deixa

mais preocupado é o fato de os Stapletons morarem a alguns quilômetros de distância, longe de qualquer ajuda. Vivem com eles dois empregados. Um deles, de idade avançada, chama-se Anthony. É alto, tem a pele bem morena e um leve sotaque que não pude distinguir. O outro é bem mais jovem, do qual eu não soube o nome. Henry chegou a sugerir aos irmãos Stapleton que abrigassem também Perkins, seu cocheiro de confiança. Esse homem poderia ser de grande utilidade para eles, mas Stapleton recusou a oferta.

Creio, sinceramente, que Baskerville fez isso por estar interessado em Beryl Stapleton. Posso compreender muito bem, pois nunca vi jovem tão linda! Sua beleza tem algo de tropical e exótico, tão diferente da figura do irmão, que chega a causar espanto. Sua voz, apesar de ter um ligeiro sotaque estrangeiro, é delicada e firme ao mesmo tempo. Stapleton exerce uma influência ameaçadora sobre ela. A todo momento, a moça busca sua aprovação com um olhar temeroso.

Stapleton veio visitar a mansão no dia em que chegamos. Na manhã seguinte, conduziu-nos em excursão pelo pântano e mostrou o lugar onde a lenda de Hugo Baskerville parece ter sido originada. De fato, o lugar era tão escuro e sinistro que ninguém admira ter dado origem a uma história cruel como essa.

Encontramos um pequeno túnel escavado entre as rochas. Seria aquela a toca do monstro? De qualquer modo, esse lugar tenebroso corresponde em todos os aspectos à cena da tragédia.

Henry Baskerville ficou muito interessado e perguntou a Stapleton se ele realmente acreditava na existência de coisas sobrenaturais.

Stapleton foi bem comedido nas suas respostas e preferiu falar sobre famílias que herdaram maldições semelhantes. Não foi difícil notar que ele não queria expressar totalmente sua opinião naquele momento.

Ele convidou-nos para almoçar em sua casa. Foi assim que Henry conheceu a senhorita Beryl Stapleton. Desde o primeiro momento em que a viu, pareceu fortemente atraído por ela. Tenho certeza de que a moça também se sentiu atraída por ele.

Na volta para a mansão, Henry Baskerville falou sobre ela novamente. A partir de então, não ficamos nenhum dia sem encontrar um dos irmãos.

Eles vêm jantar aqui hoje à noite, e parece que o convite será retribuído na próxima semana.

Acredito que Stapleton faça gosto nesse casamento, se ele vier a se realizar, claro. O que me incomoda é que, a cada elogio ou atenção de Henry à jovem, Stapleton olha com desaprovação.

Imagino que os dois sejam muito unidos e que, em vista de um casamento, Stapleton se sinta sozinho e desamparado. Isso seria de um grande egoísmo! Não é justo que uma jovem tenha de ficar solteira só para não abandonar o irmão...

Assim, é difícil seguir suas instruções e não deixar Henry sozinho.

Outro dia, numa quinta-feira, o doutor Mortimer almoçou conosco. Ele contou que havia escavado um túmulo e descobrira um crânio pré-histórico, fato que o enchera de alegria.

Mais tarde, os Stapletons chegaram, e o médico levou-nos até o local da tragédia, a pedido do irmão de Beryl. O caminho é rodeado por cercas vivas bem altas e aparadas. Numa extremidade fica a pérgula, bastante arruinada. No final da alameda vê-se o portão branco que leva ao pântano... Foi lá que Charles Baskerville deixou cair as cinzas de seu charuto. Na hora, lembrei-me de sua teoria e tentei visualizar o que aconteceu. Charles viu algo vindo do pântano... Algo que o apavorou tanto que ele correu, até morrer de cansaço e esgotamento. O que pode tê-lo amedrontado assim? Um pastor alemão? Ou o espectro de um cachorro... negro, monstruoso? Uma pessoa podia estar envolvida? Barrymore teria algum segredo?...

As coisas me parecem muito soltas, e tudo o que sei de concreto é que um crime está por trás disso tudo.

Conheci mais um vizinho desde a última vez que escrevi: o senhor Frankland, da mansão Lafter, que vive a uns sete quilômetros ao sul. Ele é bastante idoso, tem bochechas bem vermelhas, uma vasta cabeleira branca, personalidade forte e temperamento difícil. Apaixonado pelas leis britânicas, gasta fortunas com processos. Adora lutar por tudo em que acredita e está sempre pronto para assumir um dos lados da disputa. Num dia, manda fechar uma das porteiras dos muitos caminhos de Fernworthy; no outro, decide abri-la. Assim, vai comprando brigas com os lavradores do local: uns o amam, outros o odeiam até a morte. Atualmente, está sendo processado em sete demandas; um dia não terá mais dinheiro para pagar os advogados. Apesar disso, é uma pessoa muito agradável.

Eu só estou descrevendo o senhor Frankland porque você me pediu que falasse sobre tudo e todos. No momento, ele tem se dedicado à astronomia; possui um telescópio de excelente qualidade, instalado no telhado de sua casa, e passa o dia vasculhando o fugitivo no pântano. Existe um boato de que Frankland quer processar o doutor Mortimer por ter aberto um túmulo em Long Down, sem autorização dos descendentes do morto. Realmente, Holmes, esse tal de Frankland ajuda a manter nossas vidas longe da monotonia.

Agora, passo a narrar outros pormenores a respeito do casal Barrymore, especialmente sobre os assombrosos acontecimentos de ontem à noite.

Em primeiro lugar, quanto ao telegrama que você enviou de Londres para certificar-se de que Barrymore estava aqui ou não, já lhe contei o relato do agente de correio. Não temos prova alguma de que ele se encontrasse na mansão. Eu disse isso a Henry, que perguntou ao mordomo se ele tinha recebido o telegrama em mãos. Barrymore respondeu que sim.

"O menino entregou o telegrama a você mesmo?", Henry Baskerville indagou.

Barrymore ficou surpreso e respondeu:

"Não. Eu estava no sótão, e minha esposa o recebeu em meu lugar".

"Você mesmo respondeu o telegrama?"

"Não; eu disse à minha esposa o que responder e ela desceu para fazer isso."

À noite, Barrymore voltou ao assunto. Ele não tinha entendido o objetivo daquele interrogatório e queria saber se tinha faltado à confiança do novo dono da mansão.

Henry Baskerville assegurou-lhe que estava tudo em ordem e acabou por oferecer-lhe algumas de suas roupas, pois já havia encomendado peças novas em Londres.

Caro Holmes, tenho um interesse especial na senhora Barrymore. É uma pessoa muito limitada, respeitável e bem puritana. Seu andar é tão pesado que ela parece carregar o mundo nas costas. Na primeira noite que passei aqui, eu a ouvi soluçar horas a fio. Desde então, tenho observado traços de lágrimas em seu rosto.

Acho que Barrymore é um tirano com a esposa. O que se passou ontem à noite prova isso. Como sabe, tenho um sono bem leve. Às duas da manhã, ouvi passos em frente ao meu quarto. Quando abri a porta e espiei no corredor, vi uma sombra andando de mansinho. Era ele, de camisolão, descalço, segurando uma vela numa das mãos. Havia uma expressão de culpa em seu rosto.

Lembra-se da descrição que fiz da mansão? O corredor é interrompido pela galeria em volta do salão e recomeça do outro lado. Esperei até que Barrymore sumisse e fui à sua procura. Quando dei a volta, notei que ele tinha entrado num dos quartos, pois havia luz debaixo da porta. Veja bem, Holmes, esses quartos estão desocupados... Sendo assim, o que ele estaria fazendo dentro de um deles?

Fui esgueirando-me até chegar junto à porta. Barrymore estava abaixado perto da janela, com a vela encostada no vidro. Pude ver sua expressão rígida e tensa observando o pântano. Ele ficou assim por alguns minutos, até que suspirou com um gemido, apagando a vela.

Saí dali o mais rápido que pude e voltei ao meu quarto. Mais tarde, quando já estava quase pegando no sono, ouvi um barulho de fechadura, mas não consegui descobrir de qual porta.

Holmes, tenho certeza de que esta mansão esconde um segredo. Conversei com Henry Baskerville, e decidimos traçar um plano de vigilância em razão da minha descoberta da noite anterior. Aguarde notícias na minha próxima carta. Elas podem ser bem mais interessantes...

Capítulo IX

Uma luz no pântano

Este foi o segundo relatório que escrevi para o detetive Sherlock Holmes:

Mansão dos Baskervilles, 15 de outubro

Caro Holmes,

Na manhã seguinte, após ter visto Barrymore perambulando pela mansão, decidi examinar o quarto misterioso. Da janela por onde ele observava, pode-se ver o pântano com mais nitidez do que pelas outras janelas da casa. Há um vão entre duas árvores que facilita tudo. Concluo que o mordomo procurava alguém no pântano. Como a noite estava muito escura, eu não posso imaginar como ele conseguiu enxergar quem quer que fosse.

Será que está apaixonado por alguém, e é isso que entristece sua esposa? Barrymore tem uma ótima aparência e faria sucesso tranquilamente entre as garotas da região. O barulho da porta sugere até um encontro às escondidas, concorda?

Achei melhor contar minhas suspeitas a Henry Baskerville. Relatei-lhe todos os fatos logo após o café da manhã. Estranhei ao ver que ele não se surpreendeu. Ele já havia notado que Barrymore caminhava durante a noite e estava pensando em me contar. Por duas ou três vezes, ouviu seus passos no corredor, à mesma hora que eu mencionei. Ressaltei que Barrymore podia estar junto àquela mesma janela. Henry concordou comigo e sugeriu que seguíssemos o mordomo. Eu assenti, pois sei que, se você estivesse aqui, faria o mesmo. Combinamos de fazer isso juntos. Barrymore não poderia nos ouvir, pois é um pouco surdo. Henry esfregou as mãos e disse:

"Vamos esperar hoje à noite no meu quarto. Quando ele passar, iremos atrás dele!".

De certa forma, estamos vivendo uma aventura neste lugar. Henry tem feito algumas visitas a um arquiteto da região, pois pretende reformar a mansão. Prepare-se para algumas mudanças, Holmes: alguns decoradores e tapeceiros de Plymouth já estiveram aqui, olhando tudo, fazendo anotações. Nosso amigo quer ver a casa remodelada!

Uma casa nova requer uma esposa. Sem ela, nada fica completo, não acha? Existe um sinal bem claro de que a eleita é a senhorita Beryl. Há tempos não vejo alguém tão apaixonado quanto Henry Baskerville.

Depois da conversa que tive com ele sobre Barrymore, Henry preparou-se para sair. Eu também peguei meu chapéu e fiz o mesmo, ao que ele indagou:

"Vem também, doutor Watson?".

"Se vai ao pântano, eu irei junto", respondi.

"Sim, eu vou."

"Sabe as instruções que recebi. Holmes insistiu que eu não o deixasse ir ao pântano sozinho... Assim, lhe farei companhia."

Henry colocou a mão no meu ombro e respondeu que, se eu fosse, seria um desmancha-prazeres.

Eu ainda estava pensando numa resposta, quando ele colocou o chapéu na cabeça, pegou sua bengala e saiu.

Fiquei receoso de que algo lhe acontecesse e saí logo atrás, rumo à casa dos Stapleton, em Merripit.

Fui o mais rápido que pude. Com medo de ter tomado a direção errada, subi num monte de pedras para ver se avistava Henry Baskerville. Não só o avistei, como também a jovem que o acompanhava. Henry e Beryl dirigiam-se ao pântano! Estava claro que haviam combinado aquele encontro anteriormente.

Eles andavam calmamente. Enquanto ela gesticulava, ele fazia sinais de reprovação com a cabeça.

Fiquei ali por uns momentos, sem saber que atitude tomar. Espionar um amigo fez-me sentir muito mal. Por outro lado, seria *prudente vigiá-lo de longe, pois, se algo acontecesse, eu teria tempo de acudi-lo.*

Fiquei observando o casal entretido na conversa, quando notei que eu não era o único a observá-los. Uma rede para caçar borboletas pulava no ar. Só podia ser Stapleton, saltitando na direção deles.

Quase não acreditei quando vi que Henry abraçou a senhorita Beryl, tentando beijá-la. Ela desviou o rosto, bem a tempo de não ser flagrada pelo irmão, que chegou em seguida.

Stapleton deve ter dito algumas palavras bem rudes aos dois, porque gesticulava muito. Henry tentou se explicar, mas o irmão de Beryl não parava de falar. A moça, no maior silêncio, tentou manter a classe. Stapleton então chamou-a, e os dois partiram dali, deixando o pobre homem sozinho.

Nosso amigo Henry Baskerville permaneceu algum tempo em silêncio e, muito abatido, fez o caminho de volta.

Eu não sabia o que fazer... Envergonhado por ter presenciado a cena às escondidas e por não ter insistido em acompanhar meu amigo, saí do esconderijo e desci, para encontrar-me com ele.

Com o rosto vermelho de raiva, Henry perguntou:

"O que faz aqui, Watson? Estava me seguindo?".

Tive de contar-lhe a verdade. Por um momento, percebi raiva em seus olhos. Depois, ele sorriu, dizendo em tom de brincadeira:

"Pensei que aqui no meio do pântano teria um pouco de privacidade... Mas vejo que minha plateia tinha até cadeira...", ele apontou para as pedras onde eu tinha subido. "Quanto a Stapleton, ficou na fila da frente, num lugar melhor que o seu..."

Em seguida, Henry comentou que Stapleton tinha exagerado. Afinal, ele se achava merecedor da simpatia da jovem.

"O que será que fiz para ser tratado dessa forma? Tenho uma boa posição social, nunca fiz mal a ninguém...", ele perguntava a mim como se o fizesse a si mesmo.

"Apaixonei-me desde o primeiro momento em que a vi. Ela corresponde aos meus sentimentos, mas seu irmão nunca nos deixa a sós. Hoje, em vez de me fazer juras de amor, Beryl ficou insistindo

para que eu voltasse a Londres, dizendo que este lugar é muito perigoso. Eu lhe falei que só sairia daqui se ela fosse comigo... e casada! Quando ela ia responder ao meu pedido, surgiu aquele homem, louco de raiva. Se não se tratasse do irmão de Beryl, eu lhe daria uma lição. Revelei a ele meus sentimentos em relação à senhorita Stapleton... Afinal, por que me envergonharia de amar essa moça? Esperava que ela aceitasse meu pedido de casamento ali, bem à sua frente, sem nada esconder. Como você pôde ver, ele partiu levando a irmã, e ela nada respondeu. Poderia me dizer o que significa tudo isso, Watson? Por mais que eu reflita, não consigo entender!", ele desabafou.

Procurei encorajar meu amigo, mas o fato é que eu também não entendi a atitude de Stapleton.

Henry Baskerville só tinha vantagens a seu favor. Contra ele, só aquela suposta maldição... mais nada!

Nossa ansiedade desapareceu com a visita de Stapleton, acompanhado de um pedido de desculpas. Henry e ele ficaram a sós no escritório da mansão. Depois disso, o clima voltou ao normal. Pelo menos até este comentário de Henry:

"Continuo achando que ele é meio louco. Aquele olhar quando nos viu juntos não me engana!".

"Qual foi a explicação que ele deu para essa atitude?", eu quis saber.

Stapleton justificou-se, contando a Henry que sua irmã era tudo o que possuía de mais precioso. A ideia de perdê-la pareceu-lhe insuportável. Disse que não havia notado seu interesse por ela. Só se deu conta disso quando os viu juntos, no pântano. Depois de refletir bem, percebeu seu egoísmo e reconheceu o erro que cometera. Afinal, seria muito melhor vê-la casada com Henry Baskerville do que com um estranho. No entanto, disse que precisava de um tempo para acostumar-se com a ideia. Pediu a Henry um prazo de três meses, no qual ele deveria apenas cultivar a amizade de Beryl, sem nada exigir. Henry Baskerville prometeu que agiria dessa forma, e um dos nossos mistérios foi resolvido.

Agora vou esclarecer o enigma do choro na madrugada e o rosto banhado em lágrimas da senhora Barrymore, lembra-se?

Bem, na primeira noite, não ouvimos nada. Na segunda, ficamos acordados no quarto de Henry até as três horas da manhã e acabamos cochilando na poltrona. Na terceira, quando já estávamos desistindo de esperar, ouvimos passos no final do corredor. Saímos do quarto e seguimos o som, até a porta pela qual Barrymore entrava naquele outro dia. As tábuas do piso rangiam consideravelmente, mas confiamos na surdez do mordomo.

Quando chegamos à porta, vimos Barrymore, com a vela, curvado diante da janela... do mesmo jeito que eu o vira na outra vez.

Henry comunicou-me que entraria no quarto e o fez, em seguida. Barrymore levou um susto, endireitando-se rapidamente. Seus olhos estavam amedrontados, e suas mãos mal conseguiam segurar a vela.

"O que está fazendo aqui?", Henry perguntou.

"Nada... nada, senhor. Eu... eu estava fazendo a ronda. Faço isso todas as noites", tentou explicar-se.

Henry Baskerville aumentou o tom de voz e disse que era estranho que Barrymore fizesse a ronda no segundo andar da casa. E tornou a perguntar:

"Conte a verdade! O que está fazendo aí nessa janela?".

"É um... segredo, senhor. Não... não posso contar!", ele estava em pânico.

De repente, tive uma ideia. Peguei a vela da mão de Barrymore e fiquei na janela, como ele. Então, vimos um ponto de luz na escuridão, e eu gritei, animado:

"Veja! Olhe aquela luz ao longe!".

Henry pediu que eu movesse a vela para cá e para lá. E não é que a luz ao longe também se moveu?!

Henry Baskerville virou-se para Barrymore, dizendo:

"Nega que seja um sinal, miserável? Diga logo quem é seu cúmplice! Vamos! Fale!".

"Nada tenho a dizer, senhor. É um assunto meu."

"Peço que se retire da minha casa. Infelizmente, já não tenho confiança em quem serve minha família há tantos anos!", eu nunca tinha visto Henry Baskerville falar de forma tão ríspida.

"Não temos nada contra o senhor!", disse uma voz à porta. Era Eliza, a esposa de Barrymore.

O mordomo dirigiu-se à mulher, pedindo-lhe que arrumasse suas coisas. Ela caiu num choro profundo, dizendo-se culpada por tudo aquilo.

"Culpada por quê?", Henry indagou.

Então ela contou que seu irmão estava escondido no pântano. O sinal que Barrymore fazia com a vela indicava que a comida estava pronta. O irmão sinalizava de volta, no pântano, indicando onde deveriam colocá-la.

É inacreditável, Holmes, mas Eliza Barrymore nada mais é do que a irmã de Selden, o criminoso foragido. Depois de casar-se com John Barrymore, ela adotou o sobrenome do marido. A pobre mulher, em prantos, relatou que seu irmão andava em más companhias, tendo cometido vários crimes. Após fugir da prisão, apareceu na mansão, pedindo ajuda. Selden sabia que a irmã morava lá. Estava magro, abatido, sujo e com a polícia no seu encalço. Eliza condoeu-se e pediu que ele se escondesse no pântano. Foi então que combinaram os sinais com as velas. Agora, finalmente, tinham sido descobertos.

"Ela está falando a verdade?", Henry perguntou a John Barrymore, que acabou confirmando tudo.

Henry Baskerville dispensou o casal até a manhã seguinte, quando pensaria com maior clareza no caso.

Assim que os dois saíram do quarto, tornamos a olhar pela janela. Henry abriu-a, e um golpe de vento gelado chicoteou os nossos rostos. Lá longe, a luz da vela ainda brilhava.

"Como ele pode ter coragem de ficar no meio do pântano?", questionou.

"É um criminoso, Henry. E está jogando... Ou tudo ou nada!", respondi.

Depois de considerarmos a que distância Selden deveria estar, Henry declarou que iria até o pântano para agarrá-lo.

Tenho de admitir que esse bandido é um perigo para a sociedade e que a única coisa que eu poderia fazer era ajudar Henry Baskerville.

"É melhor pegar seu revólver e calçar suas botas, Watson! Vamos sair o mais rápido possível!"

Fiquei pronto num minuto e saímos. Atravessamos o matagal esgueirando-nos por entre as árvores, embalados pelos gemidos do vento. Henry levava um chicote, enquanto eu portava meu revólver.

"O que diria Sherlock Holmes se nos visse aqui? Lembra-se do que o documento dizia? 'Portanto, meus filhos, recomendo-lhes que evitem atravessar o pântano tarde da noite, quando os poderes do mal são exaltados'", Henry comentou.

Naquela hora, um grito horrível ecoou por todo o pântano. Foi o mesmo que eu ouvi quando passei por ali com Stapleton.

"Watson, pelo amor de Deus... o que é isso?", Henry puxou a manga do meu casaco. Pude sentir que seus dedos tremiam de medo.

"Já ouvi esse som antes. Stapleton disse que pode ser o barulho de um pássaro quase em extinção", expliquei.

Mas Henry não concordou. Ele achou que era um cão. Um cão descomunal!

"O que as pessoas de Devonshire pensam a respeito desse... latido tão alto?", ele olhou bem dentro dos meus olhos.

"Dizem que é o cão dos Baskervilles", tive de responder.

"Será que essa história é mesmo verdadeira? Será que estou correndo perigo? Considero-me um homem corajoso, mas, quando ouvi esse... esse barulho, meu sangue chegou a congelar nas veias."

Sugeri a ele que voltássemos, mas ele não concordou.

"Iremos atrás do criminoso até o fim, mesmo que as forças do mal estejam soltas no pântano", Henry decidiu.

Foi muito difícil cruzar o pântano no escuro. Finalmente conseguimos avistar uma luz. Eu estava em pé, numa rocha. De repente, um rosto demoníaco e animalesco apareceu entre as pedras. A criatura estava enlameada, tinha uma barba imunda e cabelos bem sujos. Poderia fazer-se passar por um daqueles homens da era neolítica que tinham habitado a região. A luz da vela que ele segurava lhe deu um aspecto pior ainda, mostrando olhos assustadores.

A criatura estava de prontidão, provavelmente em razão de algum sinal que Henry e eu tivéssemos feito um para o outro.

Quando pulamos à sua frente, ela soltou um grito e atirou uma pedra em nossa direção. Em seguida, saiu correndo.

Como somos bons corredores, partimos atrás do fugitivo. Mas tenho de admitir, Holmes, que foi impossível alcançá-lo. O criminoso conhecia o pântano e, além do mais, estava fugindo para salvar a própria vida!

Ficamos perdidos em pouco tempo. Paramos ali mesmo no escuro e sentamos, tentando respirar fundo. Tinha começado a garoar e, mesmo assim, a lua iluminava o morro, dando-lhe um contorno prateado.

Naquele momento, algo estranho aconteceu. O vulto de um homem muito magro e alto apareceu contra o morro. Suas pernas estavam ligeiramente abertas, os braços cruzados sobre o peito, a cabeça baixa. Decididamente, não parecia ser o vulto do criminoso. Quando puxei Henry pelo braço para mostrar-lhe a estranha figura, ela já tinha desaparecido.

Pensamos em correr até o morro para procurá-lo, mas estávamos cansados demais. Além disso, lembrei-me do perigo que Henry Baskerville corria ali.

Voltamos para a mansão Baskerville. Henry consolou-me, dizendo que aquele vulto podia ser algum guarda escondido no pântano, à procura de Selden.

Bem, o que está feito está feito. Só nós resta avisar o diretor da prisão de Princetown sobre o criminoso. Uma grande pena não termos conseguido prendê-lo, não acha?

Essas foram as aventuras de ontem, Holmes. Não sei se vai achar todas essas coisas tão importantes... Mas preferi pecar por excesso do que por falta de informações.

Seria tão bom se você viesse para a mansão Baskerville...
Escreverei em breve.
Seu amigo,

Watson.

Capítulo X

Trechos do diário de Watson

Até agora contei os fatos conforme as cartas que enviava a Sherlock Holmes. No entanto, acho melhor valer-me do meu próprio diário, onde anotei detalhes que tenho observado.

16 de outubro
O dia de hoje estava nublado e feio. Nuvens grossas cercavam a mansão e somente se abriam para dar espaço à terrível visão dos morros e do pântano. O tempo nos deixou bastante melancólicos. Parece difícil sentir-se alegre quando há um perigo nos rondando. Pensei na morte de Charles Baskerville e no horrendo latido do cão, que eu já ouvi duas vezes. Holmes não acreditou que aquele som fosse sobrenatural. Mas eu realmente o ouvi. Será que há mesmo um cão enorme vivendo no pântano? Se isso é verdade, onde ele se esconde? Como consegue comida? É difícil aceitar uma explicação natural para algo que se acredita ser de outro mundo.
Nesta manhã, Henry Baskerville e Barrymore discutiram sobre Selden, o fugitivo criminoso. O mordomo disse que achava errado tentar capturá-lo.
"Mas o homem é perigoso!", Henry exclamou. "Ninguém vai

ficar a salvo até que ele esteja na prisão de novo. Devemos avisar a polícia!"

"Eu prometo que Selden não vai invadir esta casa!", Barrymore garantiu. "Ele não vai lhe causar nenhum tipo de problema. Em pouco tempo, pegará um barco para a América do Sul. Por favor... eu lhe imploro... não avise a polícia. Se o senhor fizer isso, tanto eu como minha esposa estaremos numa enrascada!"

Henry pediu minha opinião. Eu não acredito que Selden vá arrombar casas ou causar problemas por aqui. Se ele o fizer, a polícia saberá e tentará pegá-lo, enfiando-o atrás das grades.

O senhor Baskerville concordou comigo. Sabemos que estamos burlando a lei. Mas pensamos em Barrymore e sua esposa e decidimos não contar nada à polícia.

Barrymore não teve palavras suficientes para agradecer o nosso gesto. Tínhamos sido tão bondosos que ele queria retribuir o favor. Ia contar algo sobre a morte de Charles Baskerville!

"Sabe como ele morreu?", indagamos, quase pulando da cadeira ao mesmo tempo.

"Não... Mas sei o que ele estava fazendo junto ao portão. Ia encontrar-se com uma mulher."

"E quem era a mulher?"

"Eu não sei o nome dela", Barrymore respondeu. "Mas as iniciais são LL."

"Como sabe disso?", eu estava curioso.

Então o mordomo relatou que Charles Baskerville tinha recebido uma carta na manhã do dia de sua morte. A carta vinha de Coombe Tracey, e a letra do remetente parecia ser feminina. Barrymore se esquecera desse detalhe, até que, depois da morte do patrão, Eliza achou a carta enquanto limpava a lareira do escritório dele. A maior parte estava queimada, menos o final.

John Barrymore foi até o quarto e voltou com o pedaço queimado da carta. Na parte intacta, estava escrito:

"Por favor, queime esta carta. Esteja no portão por volta das dez horas.

LL".

Barrymore contou que a carta se despedaçara quando Eliza a tirou do lugar. Eles não sabiam quem era a tal LL. Mas disseram que, se Henry e eu nos empenhássemos, poderíamos descobrir a identidade da suposta mulher.

Agradecemos a informação e liberamos o casal para seus afazeres. Assim que eles saíram, Henry perguntou:

"O que acha que devemos fazer, meu caro Watson?".

"Escrever a Sherlock Holmes, em primeiro lugar."

E agora estou aqui no meu quarto, escrevendo ao meu amigo detetive.

17 de outubro

Hoje, uma pesada chuva caiu sem parar. Vesti meu casaco e saí para um passeio no pântano. Não conseguia parar de pensar em Selden naquele lugar úmido e frio, nem no homem misterioso que apareceu para mim.

Eu já estava caminhando apressadamente, quando o doutor Mortimer passou por mim, dirigindo sua carruagem. Ele insistiu para que eu voltasse à mansão com ele. Acabei aceitando.

"Acho que conhece todos por aqui, não? Sabe, por acaso, de alguma mulher que tenha as iniciais LL?", indaguei.

O médico pensou por alguns segundos, até que respondeu que só podia ser Laura Lyons, que morava em Coombe Tracey.

Eu quis saber quem ela era, e doutor Mortimer disse que era filha do senhor Frankland.

"Está brincando! A filha de Frankland, aquele que vive brigando com todo mundo? O que tem um telescópio?", perguntei.

"*Ela mesma! Laura era casada com um artista chamado Lyons. Ele mudou-se para cá para retratar o pântano. Era um homem muito ruim e, depois de algum tempo, acabou deixando-a. O senhor Frankland não dirige a palavra à filha porque ela casou-se contra sua vontade. Veja só... tanto o pai quanto o marido a tornaram uma mulher infeliz*", ele concluiu.

"*E como ela consegue sobreviver?*", estranhei.

"*Muitas pessoas que conhecem sua triste história a têm ajudado. Stapleton e Charles Baskerville lhe deram algum dinheiro. Eu também contribuí com um pouco. Ela usou esses recursos para começar um negócio no ramo da datilografia.*"

O doutor Mortimer quis saber o motivo do meu interesse na senhora Lyons. No entanto, preferi mantê-lo em segredo e resolvi falar de outros assuntos com ele durante o resto da nossa jornada.

Só mais uma coisa interessante aconteceu hoje. Depois do jantar, troquei algumas palavras a sós com Barrymore. Eu lhe perguntei se Selden já havia deixado o país. Ele disse que não sabia ao certo. Esperava que sim. Falou que fazia três dias que não tinha notícias dele, quando lhe deixara comida e roupas.

Indaguei a Barrymore se ele vira o cunhado nesse dia. Ele respondeu que não, embora não tivesse encontrado nem a comida nem as roupas.

"*Quer dizer que Selden esteve realmente por lá e pegou tudo?*"

"*Acho que sim, senhor... A não ser que o outro homem tenha feito isso*", Barrymore concluiu.

"*Que outro homem? Você o viu?*", eu continuei.

"*Não, senhor... Mas Selden falou sobre ele há uma semana. Também está se escondendo, mas não é um prisioneiro. Eu não gosto disso, senhor. Sinto que algo terrível vai acontecer. O senhor Henry ficaria muito mais seguro em Londres.*"

"*Selden lhe contou mais alguma coisa sobre ele?*"

"*Disse que parecia um homem muito fino. Estava morando numa das casas de pedra, aquelas antigas, o senhor sabe... Tem um garoto que trabalha para ele e lhe traz comida. Isso é tudo*", finalizou.

Agradeci e deixei que o mordomo saísse. Neste momento, observo pela janela a chuva e as nuvens que estão se formando. Vai ser uma noite daquelas!

Estou pensando no que Barrymore me disse agora há pouco. Eu sei de que casas ele falava. Há uma porção delas no pântano. Selden poderia escolher outro lugar para viver, mas por que esse outro homem moraria em tais condições?

Decidi que vou procurar o homem que nos observou naquela carruagem em Londres. Será ele essa pessoa misteriosa que nos vem seguindo desde então? Se eu puder confirmar isso e pegá-lo, nossos problemas estarão solucionados.

Resolvi também que vou capturar o homem por conta própria. Henry Baskerville ainda está abalado com o latido do cão do pântano. Eu não quero acrescentar mais problemas aos que ele já tem, nem conduzi-lo novamente ao perigo.

Capítulo XI

Laura Lyons

Achei melhor contar a Henry minhas descobertas sobre Laura Lyons. Eu lhe disse que pretendia falar com ela o mais rápido possível.

Assim, no dia 18 de outubro, fui à casa dela em Coombe Tracey.

Uma empregada conduziu-me à sala de estar. A linda senhora, de cabelos pretos, presos num coque, trabalhava à máquina de escrever.

Apresentei-me, disse onde estava hospedado e, finalmente, que tinha conhecido seu pai.

— Não tenho mais nenhum contato com ele... — a mulher respondeu, sem piscar os olhos. — Nem sequer me ajudou quando fiquei sozinha, pobre e até sem comida. Só pude contar com Charles Baskerville e alguns poucos amigos que tenho.

— É sobre Charles Baskerville que vim falar — adiantei-me. — Gostaria de saber... se me permitir, é claro... se a senhora escreveu uma carta a ele, pedindo-lhe que fosse encontrá-la.

Seu rosto ficou vermelho de raiva.

— Que pergunta! Que direito o senhor tem de entrar na minha casa e bisbilhotar minha vida particular? De qualquer forma, a resposta é "não"!

— Acho que a senhora não está bem lembrada... — insisti. — Escreveu uma carta para Charles Baskerville no dia de sua morte. Eis o que ela dizia: "Por favor, queime esta carta. Esteja no portão por volta das dez horas".

Achei, por um instante, que Laura Lyons fosse desmaiar. Até que respondeu, num tom de voz quase inaudível:

— Pedi ao senhor Charles para não contar a ninguém!

Expliquei a ela que Charles Baskerville tinha sido um cavalheiro e não contara mesmo a ninguém. Ele havia posto a carta na lareira, mas ela não queimara de todo.

— Foi a senhora que escreveu aquela carta? — insisti.

— Sim, fui eu. Por que deveria me envergonhar? Eu precisava de ajuda! Sabia que ele estava de partida para Londres na manhã seguinte, então pedi que se encontrasse comigo naquela noite. Eu não poderia estar na mansão de manhãzinha.

— Mas por que pediu que a encontrasse no jardim, e não na mansão?

— O senhor acha que seria de bom-tom para uma mulher ir àquela hora da noite na casa de um homem solteiro? — ela retrucou.

— O que aconteceu quando a senhora chegou lá?

— Mas eu não fui! — ela exclamou.

— Como, não foi?

— Eu não fui, doutor Watson. Aconteceu uma coisa que me impediu de ir ao encontro de Charles Baskerville. Infelizmente, não posso contar o que foi.

Aconselhei Laura Lyons a explicar tudo. Caso contrário, eu iria à polícia com aquele pedaço da carta que encontrara. Era uma evidência que poderia incriminá-la. Só omiti o fato de que a mensagem tinha sido completamente queimada, restando apenas o final.

A senhora Lyons pensou um pouco e disse:

— Vou contar tudo... Fui casada com um homem terrível e quero obter o divórcio. Acontece que um processo desses custa caro e não tenho dinheiro suficiente. Pensei então que, se o senhor Charles ouvisse minha triste história, me ajudaria a atingir meu objetivo.

— E por que não foi ao encontro de Charles Baskerville?
— Eu não tinha entendido.

— Recebi ajuda de uma outra pessoa — ela respondeu.

— Não deveria ter escrito ao senhor Charles, avisando tudo? — indaguei.

— Eu ia fazer isso, mas li no jornal do dia seguinte que ele tinha morrido — ela concluiu.

Fiz mais algumas perguntas a Laura Lyons, mas ela não alterou a sua história, independentemente do que eu quisesse saber. Pareceu-me que estava sendo sincera. No entanto, eu precisava verificar dois detalhes de sua versão dos fatos. Se estivessem corretos, não haveria mais dúvidas. Em primeiro lugar, procuraria descobrir se ela tinha iniciado o pedido de divórcio à época da morte de Charles Baskerville. Depois, iria averiguar se ela realmente não estivera na mansão naquela noite fatídica.

Eu ainda tinha dúvidas quanto a Laura Lyons. Por que quase desmaiou quando citei a carta? Havia algo solto nessa história. Mas foi tudo o que pude descobrir naquele momento.

Logo que me despedi da linda senhora, fui atrás de outras informações num lugar diferente.

Capítulo XII

O homem misterioso

Saí de Coombe Tracey e comecei a procurar o homem misterioso nos morros do pântano.

Nossa! Eram centenas de casas de pedra. Barrymore não sabia em qual delas ele estava morando. Procurei lembrar-me do lugar onde Henry e eu tínhamos visto o homem, quando tentávamos caçar Selden, o criminoso fugitivo. Era por lá que eu deveria começar. Seria o meu ponto de partida.

O caminho que eu tomei passava em frente à casa do senhor Frankland. Ele estava em pé, junto ao portão, e convidou-me para entrar e tomar uma bebida em sua companhia. O velho havia discutido com alguns policiais e estava furioso com eles.

Assim que entrei, ele foi logo dizendo:

— Eles vão se arrepender! Eu podia até dizer-lhes onde o criminoso se escondeu, mas não vou ajudá-los, de forma alguma! Veja só, doutor Watson, eu fico observando o matagal, o pântano e as encostas dos morros com o meu telescópio... E, apesar de ainda não ter avistado o fugitivo, já consegui entrever a pessoa que leva comida para ele — Frankland segredou-me.

Aquilo me fez lembrar de Barrymore e sua esposa. Mas as palavras que o pai de Laura Lyons disse em seguida mostraram-me que eu não deveria me preocupar.

— Sabe quem leva comida ao criminoso fujão? Um rapaz... um rapazinho! Ele vai até lá todos os dias, à mesma hora, sempre carregando uma sacola. Quem mais ele iria visitar ali, a não ser o fugitivo? Venha... — ele convidou-me. — Olhe no telescópio e vai ver como tenho razão. Já está na hora de o garoto aparecer. — Ele indicou o caminho até o aparelho, que ficava junto a uma janela do sótão da casa.

Não tivemos de esperar muito tempo. Em alguns minutos, surgiu um menino ao pé do morro. Ele carregava uma sacola e não parava de olhar para os lados, para certificar-se de que ninguém o seguira. Depois, sumiu no meio das casas de pedra.

— Não gostaria que a polícia soubesse do meu segredo... — Frankland reafirmou. — Estou com muita raiva deles!

Acabei concordando em não revelar nada à polícia. Despedi-me e saí. Como eu sabia que ele me observava através do telescópio, peguei o caminho de volta à mansão Baskerville.

No entanto, mais à frente, tomei um atalho em direção à colina onde tínhamos visto o tal garoto com a sacola.

O sol já estava se pondo quando eu passei pelo pântano e alcancei o topo do morro. Aquele lugar daria arrepios até em assombrações, se elas existissem!

Olhei em volta e não vi o rapazinho. Na verdade, não vi mais nada, exceto um pássaro preto voando no céu. Lá embaixo, avistei ovelhas pastando e uma cabana de pedra, bem pequena... mas suficiente para acolher uma pessoa. Respirei aliviado. Talvez fosse ali o esconderijo do desconhecido.

Fui andando até lá com bastante cautela, por uma espécie de caminho que levava até a entrada. Aquele mato pisado indicava que alguém passava por ali diariamente.

Resolvi empunhar minha arma. Afinal, o estranho poderia ter me visto e estar à minha espera.

Abri a porta, quase esperando ser atacado por ele e já com a mão no gatilho para revidar. Mas nada! Não havia ninguém ali.

Observei o lugar. Seguramente não era lá que o fugitivo morava. Havia cobertores e uma capa de chuva dobrada em cima de uma laje; encontrei restos de comida, utensílios de cozinha e um balde de água junto a algumas pedras que formavam uma espécie de fogão. Uma pilha de latas vazias mostrava que ele habitava o esconderijo fazia algum tempo. Num canto, avistei uma caneca vazia perto de uma garrafa de bebida. No centro da cabana, uma pedra achatada servia como mesa, sobre a qual havia uma sacola... a mesma que vi pelo telescópio de Frankland! Dentro dela, um pão, uma lata de conserva e duas compotas de pêssego em calda. Embaixo, um bilhete.

Ao abri-lo, meu coração quase deu um salto:

Meu Deus! Eu também estava sendo seguido! O homem misterioso tinha pedido que alguém me vigiasse. E o espião me deixara essa mensagem! O que ele queria de mim?

Decidi revistar a cabana à procura de respostas às perguntas que surgiam na minha mente. Olhei pelos buracos entre as pedras, que formavam janelas naturais. O sol já estava se despedindo, apagando assim toda e qualquer luz dentro daquele lugar. Mal se podiam avistar as torres da mansão Baskerville e a chaminé da casa dos Stapletons. Decidi esperar, num canto escuro da casa, pela chegada de seu ocupante.

Pela primeira vez na vida, eu era a própria caça. Senti medo, e um arrepio fez com que meu corpo tremesse.

Ouvi passos aproximando-se pelos fundos da cabana. Estavam cada vez mais perto e, a cada barulho das botas no chão, meu peito parecia explodir. Encolhi-me ainda mais, segurando meu revólver com força. De repente, um profundo silêncio abraçou o lugar.

Os passos voltaram a se fazer ouvir, e uma sombra à porta obscureceu totalmente os poucos vestígios de luz que restavam.

— Que bela noite, meu caro Watson! — Ouvi uma voz conhecida. — Acho que vai ficar mais confortável aqui fora do que aí dentro.

Capítulo XIII

O fio da meada

Por alguns instantes, não consegui respirar ou sair do lugar. Quando voltei a mim, pensei:

"Essa ironia só pode ser de..."

— Sherlock Holmes! — exclamei, aliviado e feliz ao mesmo tempo.

Abaixei a cabeça e passei sob o batente baixo da porta.

Saímos da cabana de pedra. Holmes, com um olhar divertido, me observava de alto a baixo. Eu também fiquei olhando para o meu amigo, cada dia mais magro, os olhos cinzentos e impenetráveis. Sua pele estava queimada de sol, e alguns fios do seu boné xadrez teimavam em passear com o vento. Ele mais parecia um turista, trajando um dos seus ternos de lã.

Era incrível como Sherlock Holmes, mesmo andando

por um pântano, conseguia manter a classe. Sua camisa branca continuava imaculada, e o rosto bem escanhoado emprestava-lhe um ar de recém-saído da barbearia.

— Nunca fiquei tão contente em ver uma pessoa em minha vida... E nunca tão surpreso também! — adiantei-me.

Holmes apertou a minha mão com força e perguntou:

— Diga, como foi que me encontrou?

Contei a ele que Frankland tinha um telescópio e que, através dele, tinha descoberto o garoto e o esconderijo.

— Pois, meu amigo, eu também sabia que você estava me esperando aqui dentro... — ele comentou.

— Como sabia que era eu? — Fiquei totalmente sem ação. — Pelas minhas pegadas?

— Elementar, meu caro Watson! Pela marca do seu cigarro. Bradley, de Oxford Street, neste lugar, só podia ser seu. Provavelmente, jogou-o antes de entrar na cabana, estou certo?

Como sempre, o detetive estava certíssimo.

— Quer dizer que me deixei flagrar numa linda noite de lua cheia na colina? — ele riu.

Concordei que o tinha visto, sim, mas não fazia ideia de que o estranho de alta estatura era Holmes. Eu estava ali investigando um suposto desconhecido. Agora, eu já sabia que era ele.

O detetive e eu entramos na cabana.

— Ah... meu amigo Cartwright já trouxe a comida que pedi. E vejo aqui também um bilhete... — Ele pegou a nota junto à sacola. — Pelo visto, andou visitando a senhora Laura Lyons, em Coombe Tracey... — ele comentou.

— Sim, tem razão... — concordei.

— Espero agora poder juntar suas descobertas às minhas, para enfim chegarmos a uma conclusão.

— Mas como resolveu vir para cá? Não estava tentando solucionar um crime em Londres? — estranhei a presença repentina de Holmes em Devonshire.

— Era o que eu queria que você pensasse — ele respondeu, seriamente.

— Quer dizer que você me trapaceou... E, o que é pior, não confiou em mim. — Fiquei chateado com a atitude dele em não contar seus verdadeiros planos em relação ao caso Baskerville.

— Peço desculpas, Watson. Mas foi o único jeito de avaliar o perigo que você corria aqui. Se eu também tivesse aceitado o convite de Henry Baskerville, não estaria enxergando nada além do que você está. Teria as mesmas suspeitas e suposições, deixando o inimigo ainda mais atento. Aqui neste esconderijo, tenho toda a liberdade do mundo para agir. Suas cartas são ricas em detalhes, minuciosas, e têm me ajudado bastante. Você vem fazendo um excelente trabalho. Outro que me tem sido de grande auxílio é o rapazinho do escritório de mensageiros, Cartwright... Lembra-se dele?

É claro que me lembrava! Como não o tinha reconhecido?

— Traz comida e camisa limpa para mim diariamente. É tudo de que preciso no momento.

As explicações de Holmes me fizeram sentir melhor. Assim que respirei mais aliviado, comecei a contar a ele sobre minha visita à senhora Laura Lyons.

— Sabia que Stapleton e Laura Lyons são muito amigos? — ele indagou. — Eles escrevem um ao outro, trocam confidências... Talvez eu até possa usar essa informação para afastá-lo de sua esposa.

— Esposa? Quem é a esposa de Stapleton? Onde ela se encontra agora? — eu mal podia acreditar.

— A moça que se faz passar por sua irmã é, na verdade, sua esposa, Watson.

— Tem certeza disso? Não está brincando comigo... está? Por que então Stapleton deixou que Henry Baskerville se apaixonasse por ela?

— Stapleton teve o cuidado de deixar que Henry apenas mostrasse seu amor em forma de palavras, e não por gestos.

— E qual o motivo dessa farsa toda? — eu quis saber.

— O casal veio para cá há dois anos. Antes, eles possuíam uma escola no Norte do país. Você mesmo contou isso numa carta, e eu resolvi investigar. Era verdade. Só que, no relatório que recebi, estava escrito que ele havia partido do local em companhia da esposa, e não da irmã. Eles trocaram de nome, mas a descrição do casal era compatível com a dos antigos proprietários do estabelecimento de ensino.

— Mas por que fingem ser irmãos?

— Stapleton percebeu que seria mais interessante ter uma irmã do que uma esposa, num lugar pequeno como este. Como um homem livre, poderia tomar outras atitudes — ele explicou.

Enquanto Holmes falava, fui mudando a concepção que fazia de Stapleton. Por trás do seu rosto bondoso e sorridente, eu agora vislumbrava a expressão de um terrível assassino.

— É ele o nosso inimigo! Aquele que nos perseguiu em Londres. E o aviso que Beryl deu a Henry para que voltasse para lá o mais rápido possível... foi a mais pura verdade, não?

— Exatamente! — Holmes concordou.

— Mas, se ele tem esposa, qual o motivo de aproximar-se tanto assim de Laura Lyons? — Minha cabeça fervilhava com uma infinidade de perguntas.

— Seu trabalho minucioso de pesquisa deu-me todas as

respostas necessárias, Watson. Se Laura está tentando conseguir o divórcio, é porque tenciona casar-se novamente. E, se Stapleton se faz passar por solteiro, é porque também planeja casar-se... Para, certamente, aplicar novo golpe. Precisamos falar com a senhora Lyons urgentemente. Quando ela souber a verdade, poderá nos ajudar. Vamos procurá-la amanhã mesmo! — Holmes estava decidido.

— Preciso fazer uma última pergunta... — interrompi o que meu amigo detetive ia dizer. — O que Stapleton está tentando fazer?

— Ele quer cometer um assassinato, Holmes. Um assassinato a sangue-frio. Não me peça mais detalhes. Estou preparando uma armadilha perfeita. Há somente um senão: que ele aja antes dos meus planos. Mais um ou dois dias e terei tudo pronto. Até chegar o momento, você deve vigiar Henry Baskerville como se vigiasse a si próprio.

De repente, ouvimos um grito terrível. Um grito de dor e terror que cortou o silêncio do pântano. Meu sangue gelou, e senti um frio percorrendo meu corpo.

— Deus! Que grito foi esse? — sussurrei.

Holmes correu para fora da cabana e pediu que eu ficasse quieto.

— De onde veio esse grito, Watson? De onde? — meu amigo parecia desesperado.

Outros gritos encheram os céus e os nossos corações de horror. Em seguida, fez-se ouvir um som diferente, que mais parecia um ronco. Era algo indescritivelmente ameaçador e horripilante.

— Acho que vem de lá! — murmurei.

— O cão! — o detetive disparou. — É o cão! Ande, Watson! Venha comigo! Só espero que cheguemos a tempo...
— Sherlock Holmes e eu desatamos a correr pelo pântano.

Capítulo XIV

Uma desgraça no pântano

— Ele conseguiu o que queria, Watson! Miserável! — Holmes levou as mãos à cabeça várias vezes. — Chegamos tarde demais. Fui um idiota por ter adiado meus planos... E você! — Ele apontou o dedo em minha direção. — Você abandonou Henry sozinho esse tempo todo! Se o pior acontecer, vou clamar por vingança até o fim dos meus dias! — Ele estava louco de ódio.

Percorremos vários lugares procurando a origem daquele grito... e nada.

Quando alcançamos um barranco cheio de pedras, vimos um homem caído de bruços no chão. Holmes acendeu um palito de fósforo para iluminar o corpo sem vida. A cabeça do morto pendia para um lado, revelando nitidamente que o pescoço fora quebrado. Formara-se uma poça de sangue por debaixo do crânio esmagado. O corpo estava dobrado numa posição horrível. Sua postura era tão grotesca que só então percebemos que os gritos que ouvimos deviam ter sido os últimos daquele homem.

Holmes segurou um outro fósforo aceso junto ao cadáver. Horrorizado, reconheci o terno que Henry Baskerville usava no dia em que nos visitou em Londres.

— Assassino miserável! — exclamou o detetive.

— Deus do céu, Holmes! Nunca vou me perdoar por ter deixado Henry Baskerville sozinho. Agora são dois mortos: Charles e seu sobrinho — senti-me a pior das criaturas.

Ficamos ali, junto ao homem dilacerado pelo terrível cão.

Sherlock Holmes decidiu virar o corpo. Será que pretendia carregá-lo até a mansão? Se era isso o que planejava, tinha enlouquecido.

De fato, parecia um louco, porque, sem mais nem menos, começou a dançar em círculos e a apertar minha mão.

— Olhe o rosto dele. Não é Henry Baskerville! — Holmes exclamou, exultante de alegria. — É o meu vizinho de cabana... Selden, o criminoso foragido.

Era verdade. De repente, tudo ficava mais claro para nós. Henry Baskerville contou ter doado algumas de suas roupas a Barrymore, que, por sua vez, dera tudo ao cunhado criminoso. Isso explicava aquela vestimenta no corpo do morto.

Mas nada disso apagava aquela morte horrível. Selden fora a vítima porque estava usando as roupas de outra pessoa. Quem o eliminou pensou estar liquidando Henry Baskerville. Alguém devia ter dado as roupas de Henry para o cão farejar e sair em busca de sua caça.

— Eis a explicação para o sumiço do sapato de Henry, lembra-se? — Holmes continuou com suas suposições. — Mas como Selden percebeu que o cão o estava perseguindo? Sabemos que ele percorreu um longo caminho, correndo e gritando por um bom tempo antes de cair. Quer dizer que, quando Selden começou a correr, o cão já estava atrás dele? Como ele enxergou no escuro? Por que o cão estava solto justo esta noite? Stapleton não o soltaria... a não ser que pensasse que Henry Baskerville estava aqui.

— Como vamos tirar o corpo daqui, Holmes? — Meus pensamentos estavam voltados para a remoção do cadáver.

— Acho que podemos carregá-lo até uma das cabanas... para depois chamar a polícia. Quanto às nossas perguntas, acabo de avistar alguém que pode responder a todas elas... Stapleton! — Ele abaixou o tom de voz. — Vamos agir com cuidado e tentar não demonstrar que suspeitamos dele — Holmes finalizou.

A brasa do cigarro de Stapleton brilhou na escuridão. À luz do luar, distingui sua figura elegante e os saltos que costumava dar... quando também caçava inocentes borboletas.

— Watson? É você mesmo? — ele indagou. — É a última

pessoa que eu esperava encontrar a esta hora e num lugar desses. Nossa! Mas o que... quem é este homem? — Fez uma cara de horror ao inclinar-se sobre o morto. — Será... será que é nosso amigo Henry Baskerville?

— É Selden, aquele criminoso que escapou da prisão — esclareci.

Stapleton tentou disfarçar seu desapontamento ao ouvir minha resposta, mas não conseguiu. Ele olhou para Holmes e depois novamente para mim, fingindo surpresa:

— Que horror! Como foi que ele morreu?

— Acho que quebrou o pescoço tentando pular dessas rochas para as outras ali adiante... — apontei.

— Eu ouvi um grito e saí correndo. Estava preocupado com Henry Baskerville — Stapleton tentou explicar-se.

— Por que estava preocupado com ele? — indaguei.

— Bem, eu o tinha convidado para ir à minha casa. Quando ouvi os gritos no pântano, fiquei preocupado com ele... Ouviram mais alguma coisa além dos gritos? — Ele olhou para mim e para Holmes.

— Não ouvimos nada. E o senhor? — o detetive devolveu a pergunta.

— Também não.

— Então, por que está perguntando? — Holmes mantinha sua frieza de sempre.

— Nunca ouviram os camponeses contarem sobre um cão fantasma que vive aqui no pântano?

— Não — respondi.

— Como acham que este pobre homem morreu? — ele tornou a perguntar.

— Acho que o medo de ser novamente aprisionado levou-o à loucura! — eu exclamei, da forma mais veemente que pude.

— Concorda com o doutor Watson, senhor Holmes? — Foi a primeira vez que Stapleton dirigiu-se diretamente ao meu amigo detetive.

— O senhor foi rápido em adivinhar quem eu sou... — observou Sherlock Holmes.

— Estamos à sua espera desde que meu amigo Watson aqui chegou... — Stapleton tentou se justificar.

— Não tenho quaisquer dúvidas quanto à opinião de Watson sobre a causa da morte do criminoso — Holmes reafirmou. — Trata-se de um episódio muito triste. Mas isso não vai impedir-me de voltar a Londres amanhã — concluiu.

— Que pena... — Stapleton comentou. — Mas, antes de viajar, poderia ao menos explicar o mistério que presenciamos? — arriscou.

— Nem sempre sou bem-sucedido nos meus casos. E este, infelizmente, me parece sem solução. Além de bastante sobrenatural. — Holmes deu a entender que estava desapontado.

Depois disso, decidimos cobrir o corpo do morto. Só então Stapleton voltou à sua casa, enquanto Holmes e eu nos dirigimos à mansão Baskerville.

— Ele é um homem muito inteligente e um inimigo poderoso, difícil de trapacear. Notou como ele tentou controlar seu desapontamento quando descobriu que o morto não era Henry Baskerville?

— Uma pena ele ter visto você, Holmes... — lamentei.

— Concordo. Mas não deu para evitar. Agora que ele sabe que estou aqui, preciso ter mais cuidado. Talvez Stapleton também redobre sua atenção.

— Por que não o entregamos à polícia?

— Não temos provas concretas contra ele. Charles Baskerville foi encontrado morto, mas sem sinais de violência. Como sofria do coração e teve mal súbito, não podemos incriminar Stapleton pela sua morte; o mesmo se aplica em relação a Selden, que, ao que tudo indica, morreu numa queda. Não temos um caso no momento. Amanhã, entretanto, as coisas podem mudar de rumo... — ele fez suspense. — Vamos falar com Laura Lyons. Estou certo de que ela vai nos ajudar. De qualquer forma, tenho um plano. É meio perigoso, mas, até o final do dia

de amanhã, já terei vencido essa batalha — Holmes concluiu.
— Vai acompanhar-me até a mansão? — eu quis saber.
— Vou. Não há mais motivo para me esconder. Outra coisa, Watson: nem uma palavra sobre o cão para Henry Baskerville. Deixe-o pensar que Selden morreu devido a uma queda. Se ele souber dos sons que ouvimos hoje no pântano, vai achar muito mais difícil enfrentar os próximos perigos. Lembra-se de ter dito em sua carta que ele iria jantar com os Stapleton amanhã?
— Eu também fui convidado... — lembrei Holmes.
— Invente uma desculpa e diga que não pode ir. Henry Baskerville deve chegar lá sozinho. Podemos providenciar isso sem problemas. E agora, vamos à comida. Estou morto de fome! — Sherlock Holmes exclamou.
Apesar da trágica morte ocorrida, eu também estava faminto.

Capítulo XV

A armadilha

Henry Baskerville ficou muito feliz ao encontrar Holmes. Mostrou-se um pouco intrigado porque não viu a bagagem do meu amigo detetive, que logo tratou de desviar o assunto, como bem sabia fazer, dizendo que suas malas haviam se extraviado, mas que em breve chegariam à mansão.
Enquanto os dois ficaram conversando junto à lareira, subi ao meu quarto e arrumei algumas roupas para Sherlock Holmes, deixando-as sobre a cama de outro quarto de hóspedes.
Tive a tarefa desagradável de contar ao casal Barrymore

sobre a morte de Selden. Eliza caiu no choro e, enquanto Barrymore a consolava, voltei à mesa do jantar.

— Obedeci às suas instruções e fiquei em casa o dia todo, Watson. Pensei em aceitar o convite de Stapleton, mas lembrei-me do seu conselho e não fui. — Henry Baskerville comia com apetite.

— Com certeza teria tido uma noite muito animada — Holmes respondeu secamente. — Por falar nisso, choramos pela sua morte — ele continuou.

— O que quer dizer com isso? — estranhou Henry.

— Uma pessoa morreu hoje. Foi aquele criminoso, Selden, irmão da senhora Eliza Barrymore. Ele estava vestindo as suas roupas, senhor Baskerville. Quem o matou achou que fosse o senhor — Holmes resumiu.

Expliquei bem detalhadamente o que havia ocorrido com o fugitivo. A cada frase, Henry Baskerville empalidecia ainda mais.

O detetive estava prestes a dizer alguma coisa, quando seus olhos se fixaram num dos quadros da galeria.

— Quem é aquele homem com uma roupa de veludo e rendas? — ele perguntou.

— É Hugo Baskerville, que originou todos

os nossos problemas. — Henry disse que Barrymore tinha contado a ele um pouco sobre cada um dos seus antepassados.

Holmes ficou em silêncio durante o resto do jantar. Bem mais tarde, chamou-me em meu quarto. Munidos de castiçais, fomos investigar os retratos de perto. O detetive colocou a mão sobre o rosto de Hugo Baskerville e indagou:

— Consegue ver alguma coisa?

Examinei cuidadosamente o chapéu de plumas, os cabelos cacheados caindo na gola branca com renda, o rosto comprido e sério. Os lábios finos e o olhar penetrante eram parecidos com os de...

— Stapleton! — eu quase gritei.

— Não tenho dúvida alguma de que Stapleton é, na verdade, um Baskerville! — Holmes era mesmo um incrível observador. — Elementar, meu caro Watson.

— Como não percebi isso antes? Além de parecer-se com Hugo Baskerville, tem o mesmo mau caráter. Agora consigo compreender por que ele quer matar Henry Baskerville.

— Pois até amanhã à noite nós o prenderemos numa rede de caçar borboletas... Exatamente como ele faz com os insetos. E teremos mais um caso para figurar em nossa coleção, na Baker Street, 221B. — Holmes deu uma sonora gargalhada, que até me espantou.

Quando acordei na manhã seguinte, Sherlock Holmes já havia levantado, chamado o mensageiro e enviado um telegrama à polícia contando sobre Selden. Em seguida, disse ter mandado um telegrama ao rapaz que lhe levava comida na cabana, dispensando seus serviços.

Quando Henry Baskerville desceu para o café da manhã, Holmes informou-lhe que nós partiríamos para Londres depois do desjejum. Ele ficou bastante chateado com a notícia, mas o detetive tratou de tranquilizá-lo, dizendo que tudo daria certo na nossa ausência. Tudo o que ele teria de fazer era obedecer às suas ordens. Henry concordou. Uma delas era visitar Stapleton naquela mesma noite. A outra era contar a ele que havíamos partido para Londres e que logo estaríamos de volta a Devonshire.

— Mais uma coisa... — Holmes pediu. — Vá até lá de carruagem e dispense o cocheiro. Deixe que Stapleton pense que vai voltar a pé, pelo pântano.

— Sozinho, pelo pântano? — Henry mal podia acreditar. — Não foram os senhores que pediram que eu nunca fizesse isso, que era muito perigoso?

— Não haverá perigo desta vez — Holmes garantiu. — Sei que tem coragem o bastante para ir sozinho.

— Está certo. Eu irei.

— Pegue a trilha de Merripit para a estrada de Grimpen, que é justamente o seu caminho de volta para casa. Não tome outro atalho, em hipótese alguma, compreendeu?

— Sim, farei o que pede... — Henry Baskerville não gostou muito da ideia.

Despedimo-nos dele e fomos para a estação de trem, onde um garoto já nos esperava.

— Alguma ordem, senhor?

— Pegue este trem que vai para Londres. Quando chegar lá, mande um telegrama com este recado para Henry Baskerville. — Holmes entregou a mensagem aberta ao garoto. Nela estava escrito:

> Caro Henry,
>
> Esqueci um livro na mansão. Se possível, envia-lo com urgência para mim, na Baker Street, 221B.
>
> Atenciosamente,
> Sherlock Holmes

Foi então que comecei a entender o plano de Holmes. Quando Henry Baskerville recebesse seu telegrama, iria pensar que já tínhamos chegado a Londres. Ele contaria para Stapleton, que também acreditaria nisso, sem desconfiar de que estaríamos bem perto, caso Henry precisasse de nós.

Saímos da estação e fomos visitar Laura Lyons. Depois de ter sido apresentada a Sherlock Holmes, ela nos convidou para tomar uma xícara de chá. Durante a reunião, o detetive contou-lhe o que estava acontecendo:

— Suspeitamos de que Charles Baskerville tenha sido assassinado... Minhas desconfianças recaem sobre Stapleton e sua esposa.

Quando Holmes disse isso, ela empalideceu.

— Esposa?! Não é possível! — ela exclamou. — Ele não é casado!

— Vim aqui para provar que sim. A mulher a quem ele trata por irmã é, na verdade, sua esposa. — Holmes tirou algumas fotografias e documentos de uma pequena pasta e apresentou-os à senhora Lyons. Conforme ela os examinava, ia ficando cada vez mais pálida.

Quando devolveu tudo a Holmes, compreendi que aquela mulher tinha aceitado a verdade.

— Pensei que Stapleton me amasse... mas mentiu para mim! Pode contar comigo, senhor Holmes. Vou dizer tudo o que sei. — Ela iniciou seu relato: — Nunca quis nenhum mal a Charles Baskerville. Era um homem bom e generoso, e eu jamais o magoaria... por nada neste mundo. — Enxugou algumas lágrimas do rosto.

— Acredito em suas palavras. Mas deixe-me dizer o que penso ter acontecido. Corrija-me se eu estiver errado. Acho que Stapleton a instruiu a escrever a Charles Baskerville pedindo ajuda. A senhora deveria dizer a ele que iria encontrá-lo perto do portão que dá acesso ao pântano. Depois que enviou a carta, Stapleton fez com que desistisse dessa ideia, não é?

— É verdade! — ela assentiu. — Stapleton voltou atrás,

não permitindo que outro homem me desse dinheiro para o divórcio. Ele disse que era pobre, mas que daria tudo o que tinha para ficar comigo. Foi então que eu soube da morte de Charles. Stapleton implorou que eu nada revelasse sobre a carta e o encontro; caso contrário, as suspeitas poderiam recair sobre mim. Fiquei tão assustada que achei melhor me calar.

— A senhora não desconfiou de Stapleton? — Holmes indagou.

Laura Lyons ficou em silêncio por alguns segundos e respondeu:

— Se esse homem fosse fiel a mim, teria guardado o segredo até o fim.

— Tem sorte de ter escapado dele — Holmes avisou. — A senhora sabe muitas coisas. Agora está a salvo. Desejo-lhe muita sorte daqui para a frente. — Holmes levantou-se, e eu fiz o mesmo.

Em seguida, despedimo-nos de Laura Lyons. Precisávamos ir até a estação. Holmes tinha enviado um telegrama ao seu amigo, o inspetor Lestrade, pedindo sua presença em Devonshire o mais rápido possível.

Alguns minutos antes de o trem de Londres chegar, o detetive comentou:

— Aos poucos, nossas perguntas vão sendo respondidas... uma a uma. Quando tudo tiver acabado, este vai ser um dos nossos casos mais famosos. Estamos no fim, Watson!

Lestrade era um homem baixo e atarracado. Ocupava o mais alto posto na polícia de Londres; confiava em Holmes e o respeitava.

— O que temos aqui, detetive Sherlock Holmes? — Ele apertou a mão do meu amigo e, em seguida, a minha. — Acha que é um bom caso?

— Um dos melhores que eu já vi... — Os olhos de Holmes brilharam. Depois, convidou o inspetor Lestrade para um chá, quando contaria tudo o que se passara.

Capítulo XVI

O cão dos Baskervilles

Naquela noite, Holmes não disse uma palavra sobre o plano que tinha em mente. Ele alugou uma carruagem e contratou um cocheiro, e procurávamos conversar o mínimo possível na presença deste.

Já tínhamos passado em frente à casa de Frankland e seguíamos em direção à mansão dos Baskervilles... mais precisamente ao lugar onde Charles havia morrido. Então Holmes pediu que o cocheiro parasse bem antes do portão principal. Pagamos o homem, que retornou à estação.

Holmes avisou Lestrade:

— Vamos caminhar até Merripit, local onde fica a casa de Stapleton. Trouxe sua arma, inspetor? — Sherlock Holmes estava ansioso.

— A melhor delas — disse Lestrade, seriamente, enquanto caminhava a passos largos.

Uma densa neblina prometia cobrir a noite. Quando nos encontrávamos perto da casa de Stapleton, Holmes avisou e pediu:

— Chegamos ao fim da nossa jornada. Caminhem com cuidado e não falem, por favor! Fique aqui, Watson, atrás destas pedras. Quanto a Lestrade, esconda-se neste buraco... — apontou.

Depois, pediu que eu descrevesse o interior da casa e a localização dos quartos.

— O que significam aquelas grades na janela do fundo? — ele quis saber.

— São as janelas da cozinha — eu expliquei.

A janela que tinha uma cortina levantada era a da sala de jantar. Holmes instruiu-me a ir até lá e verificar o que

Stapleton e Henry Baskerville faziam. Àquela hora, Henry já havia chegado para o jantar, conforme o combinado.

— Não deixe que o vejam! — exclamou.

Dirigi-me à sala com o maior cuidado. Os dois estavam sentados, fumando seus charutos e tomando café. Stapleton falava e gesticulava animadamente. Henry Baskerville não parecia tão animado. Estava bem pálido e um pouco distraído.

Stapleton desculpou-se e saiu da sala. Henry encheu um cálice com vinho e tomou-o de um só gole. Não havia sinal da senhora Stapleton por ali.

De repente, ouvi o barulho de uma porta se abrindo e escondi-me atrás de um arbusto. Era Stapleton. Ele caminhou até uma casinha que ficava nos fundos de um pomar. Tirou uma chave do bolso e abriu a porta. Uns ruídos estranhos vieram de lá de dentro. Em um ou dois minutos, ele saiu de lá e voltou à sala onde estava Henry Baskerville.

Voltei para junto dos meus amigos e contei o ocorrido.

— Se Beryl Stapleton não está na casa, onde mais poderia estar? — Holmes indagou.

Eu não soube responder àquela pergunta.

A grossa neblina deixava, de quando em quando, aparecer uma lua brilhante. Já não conseguíamos avistar as árvores do pomar e, em poucos minutos, não veríamos nem mesmo o telhado da casa.

— Se Stapleton não sair em até quinze minutos, a neblina tomará conta de todo o pântano, e não enxergaremos um palmo adiante do nariz! — Holmes estava impaciente. — Vamos nos afastar e ficar num plano mais alto que a neblina... — decidiu.

Depois de alguns minutos, Holmes avisou, baixinho:

— É ele! Henry Baskerville está saindo!

Um som de passos apressados quebrou o silêncio do pântano. Ficamos abaixados atrás das pedras, observando atentamente o vulto do homem. Ele olhou em volta e caminhou com rapidez. Olhava sempre para trás, como se estivesse sendo seguido. Holmes engatilhou o revólver. De repente, ouvimos o barulho de... patas! Tentamos vislumbrar algo por entre a neblina... mas nada. Olhei para o detetive. Ele estava pálido. Nesse mesmo instante, Lestrade gritou, jogando-se ao chão. Pulei para trás, de arma em punho, horrorizado pela visão estarrecedora.

Um cão de caça, negro, descomunal, saltou à nossa frente. O jeito como rosnava paralisou-nos. Um calafrio percorreu meu corpo de alto a baixo. Nunca tinha visto um cachorro tão grande. De sua boca e focinho saíam chamas, e seus olhos pareciam arder em fogo. Labaredas cobriam seu corpo e sua cabeça. Foi a pior visão que eu tive na vida... um monstro que parecia ter saltado das profundezas do inferno.

O animal deu outro salto e disparou em direção a Henry Baskerville. Estávamos tão petrificados que permitimos que ele passasse por nós, sem uma reação. Em questão de segundos, recuperamos as forças e atiramos.

A fera emitiu um uivo horroroso, indicando que fora atingida. Mas o cão não parou.

Fomos atrás dele e vislumbramos, sob o luar, o rosto apavorado de Henry Baskerville.

Aquele ganido de dor deixara-nos cientes de que o bicho era mortal. Dessa forma, podíamos acabar com ele.

Eu nunca vira um homem correr como Holmes aquela noite. Ele me ultrapassou, parecendo ter asas nos pés.

Grunhidos do cão misturavam-se aos gritos de Henry Baskerville, enchendo-nos de pavor. Consegui me aproximar a tempo de ver a fera saltando sobre a vítima, jogando-a no chão.

No momento seguinte, Holmes atirou cinco vezes, descarregando todas as balas do seu revólver nas costas da horrível criatura. Com um uivo de agonia, ela rolou e caiu para trás, debatendo-se. Inclinei-me, quase sem fôlego, e disparei um tiro na cabeça do animal. Mas o cão já estava morto.

Henry Bakerville jazia no chão, desmaiado. Desabotoamos seu colarinho. Ele estava vivo. Holmes fechou os olhos em oração, agradecendo a Deus por ter chegado a tempo.

Lestrade tirou um pequeno frasco do bolso do casaco. Colocou-o junto ao nariz de Henry, o que fez com que ele saísse daquele estado.

Henry Baskerville tentou levantar-se, mas não conseguiu. Ele ainda estava fraco.

— Meu... meu... Deus! O que foi... aquilo? — perguntou, apavorado.

— Seja o que for, está morto — Holmes tranquilizou-o.
— O fantasma que aterrorizou sua família não existe mais.

Olhamos para a fera estendida no chão. Era um cachorro do tamanho de um jovem leão. Mesmo morto, ainda emanavam chamas azuis de seus olhos e de suas mandíbulas enormes e assustadoras.

Toquei o pelo do animal. Quando fiz isso, minha mão também cintilou na escuridão.

— Fósforo! Por isso ele parecia queimar no escuro — exclamei.

— Um preparado muito benfeito com esse elemento químico — Holmes concluiu —, pois não afetou o olfato do animal. — Em seguida, dirigiu-se a Henry Baskerville:

— Desculpe tê-lo exposto a tanto perigo...

— Vocês salvaram a minha vida... — Ele ainda estava meio tonto.

— Acha que ficará bem sozinho? Precisamos correr contra o tempo. — O detetive certificou-se de que Henry estava bem e avisou que um de nós voltaria depois para acompanhá-lo à mansão Baskerville.

— Vamos atrás de Stapleton! — Holmes apressou-se.

Capítulo XVII

Atrás do criminoso

No caminho, Holmes disse que duvidava que Stapleton ainda estivesse em sua casa. Certamente fugira depois de ouvir os tiros.

A porta da frente estava aberta quando chegamos. Revistamos canto por canto e encontramos somente o empregado Anthony. Mas ele jurou que não tinha visto ou ouvido absolutamente nada.

Achamos uma porta fechada no andar de cima e decidimos gritar:

— Tem alguém aí?!

Escutamos gemidos lá dentro. Forçamos a porta, que se abriu sem oferecer resistência. Entramos com as armas em punho e, quando nos vimos dentro de uma espécie de museu, baixamos a nossa guarda.

O quarto estava repleto de borboletas espetadas em quadros. Caixas com insetos dos mais variados tipos, além de redes e livros, habitavam aquele lugar estranho e escuro. Essa fora a distração do assassino durante muito tempo. No centro do recinto havia uma viga vertical... Nela, um corpo amarrado e enrolado num lençol.

Vimos aqueles olhos escuros e aflitos fitando-nos com desespero. Num minuto, rasgamos o lençol... Era Beryl Stapleton!

Enquanto Lestrade e Holmes a amparavam, eu desfiz as amarras dos seus punhos. Em volta do pescoço havia marcas de chicote. Pobre mulher! O que não deve ter sofrido...
Ela demorou um pouco para voltar a si.
— Ele... escapou? — foram suas primeiras palavras.
— Ele não poderá escapar de nós... — avisei.
Mas ela não falava do marido, e sim de Henry Baskerville.
— E o... cão?
— Está morto — Holmes respondeu, satisfeito.
Beryl Stapleton suspirou aliviada.
— Graças a Deus! Ah, vejam o que ele fazia comigo. — Ela arregaçou as mangas, mostrando os braços.
Vimos então, horrorizados, as marcas que Stapleton deixava na mulher. Ele batia nela com frequência, torturando-a.
— Fui apenas um instrumento em suas mãos! — Ela começou a chorar descontroladamente.
— Ajude-nos, por favor! — Holmes pediu. — Sabe para onde ele foi?
Beryl Stapleton contou que havia uma mina de estanho numa ilha no meio do pântano. Era lá que ele mantinha o cão. Além de uma casa para se esconder.
Holmes foi até a janela, afastou a cortina e olhou para o céu. A neblina era bem espessa, e nenhum de nós conseguiria achar a ilha naquele nevoeiro. Por outro lado, Stapleton também não conseguiria sair do esconderijo até a manhã seguinte.
Achamos melhor voltar à mansão Baskerville. Lá, informamos a Henry tudo o que acontecera com Beryl. Ficou tão abalado com o fato de a jovem ser casada com Stapleton, que teve arrepios de febre a noite toda. Assim, resolvemos chamar o doutor Mortimer, que ficou ao lado de sua cama, incansavelmente, até o amanhecer.
No dia seguinte, Henry estava totalmente recuperado. Ele e o médico tinham decidido fazer uma viagem pelo

mundo. Só assim o herdeiro dos Baskervilles esqueceria todo aquele pesadelo.

Beryl Stapleton guiou-nos até a cabana onde o marido costumava esconder-se. Eles haviam marcado o caminho pelo pântano com varetas em zigue-zague.

Depois de a deixarmos em lugar seco e protegido, entramos no lodaçal. Um passo em falso e seríamos tragados por aquela lama escura e malcheirosa.

De vez em quando, afundávamos no lamaçal, e era preciso que um ajudasse o outro. Sozinhos, nada teríamos conseguido. Parecia que a toda hora uma força nos puxava para o fundo.

Passado algum tempo, pisei em algo duro. Consegui puxar o objeto para cima. Era um sapato preto, com estes dizeres na sola: "Meyers, Toronto". O sapato que Stapleton roubara de Henry Baskerville!

— Stapleton jogou o sapato bem aqui — o inspetor Lestrade observou.

— É verdade! Depois de ter dado o objeto para o cão cheirar, jogou-o fora durante a fuga! — Holmes concluiu.

Arrastamo-nos ainda naquele lodo por um bom tempo, mas nada mais encontramos. Afinal, um pântano não deixa rastros nem pegadas.

Achamos a tal mina abandonada. Numa cabana bem próxima, vimos uma corrente e alguns ossos. Pior que isso: havia o esqueleto de um cachorro e pelos no chão.

— Pelos castanhos e crespos! — Holmes observou os fios. — Só podem ser do cachorrinho do doutor Mortimer! — o detetive e eu falamos ao mesmo tempo. Stapleton havia escondido o cão, mas o pobre animal nunca parava de uivar. Eram dele os uivos e ganidos que ouvíamos.

Vimos também o preparado à base de fósforo que Stapleton passava na terrível criatura. Foi assim que conseguiu aterrorizar Charles Baskerville, levando-o à morte.

— Era um bom álibi. Ninguém nunca chegou perto do animal para verificar como ele era. Se tivessem se aproximado, veriam que era recoberto pelo preparado luminoso! — Lestrade exclamou.

— Stapleton aproveitou a lenda do cão dos Baskervilles, que havia aterrorizado a família durante décadas, e recriou-a, fazendo com que acreditassem na história. Assim, ficaria com o dinheiro da herança, caso conseguisse eliminar Henry — eu concluí.

— Esse foi o pior e mais inteligente inimigo que tivemos, Watson — Holmes apontou para o pântano.

Era lá que nosso inimigo devia estar. Se nas profundezas do pântano ou não, isso nunca poderemos dizer.

Capítulo XVIII

Retrospecto

Mais de um mês se passara. Já estávamos no final de novembro.

Holmes e eu estávamos sentados à lareira. Desde a nossa volta, o detetive estivera trabalhando em outros dois casos, que concluiu com sucesso. Assim, resolvi tirar minhas últimas dúvidas quanto ao caso "O cão dos Baskervilles".

— Veja bem, Watson... Aquele quadro mostrou claramente que Stapleton pertencia à família Baskerville. Era filho de Rodger Baskerville, irmão caçula de Charles que era criminoso e escapara da prisão, fugindo para a América do Sul. Todos achavam que ele não tivesse tido herdeiros, o que não era verdade. Ele tivera um filho, também chamado Rodger, a quem viemos a conhecer como Stapleton. Este se casou com uma latina muito bonita, e o casal mudou-se para o Norte da Inglaterra, onde abriu uma escola. Stapleton, ou Rodger Baskerville II, descobriu que seria o único herdeiro da família, caso Charles e Henry Baskerville morressem. Por isso mudou-se para cá com sua esposa depois do fechamento da escola.

Quando Stapleton conheceu Charles Baskerville, este lhe contou sobre a maldição do cão que aterrorizava a família. Ele não só percebeu que o velho tio acreditava em histórias sobrenaturais, como soube que ele sofria do coração. Assim, teve a ideia de comprar um cachorro bem grande, o maior que encontrasse. Ele usou um preparado à base de fósforo para fazer com que o cão brilhasse no escuro, como na história contada por Charles.

— Onde ele comprou o animal? — perguntei, curioso.

— Elementar, meu caro Watson! Stapleton descobriu uma loja em Fulham Road e escolheu o cachorro mais forte e selvagem que encontrou. Em seguida, levou-o de trem para Devonshire e caminhou com ele pelo pântano, para que ninguém os visse. Nas suas andanças atrás de insetos, aprendeu a locomover-se com incrível facilidade. Além disso, achou um bom esconderijo para o animal, onde o deixou até que a oportunidade certa aparecesse. Stapleton ficou de tocaia várias vezes, esperando que Charles Baskerville passasse por ali. Foi por isso que o viram por lá numa daquelas vezes, lembra-se? As pessoas do lugar acharam que aquele era o tal cachorro da lenda e passaram a acreditar nela.

— E o que me diz da esposa dele, Beryl Stapleton? — eu estava ansioso.

— Stapleton não esperava que ela se recusasse a conduzir Charles Baskerville para a morte. Ele a torturou tanto que a moça mudou de ideia. Foi então que nosso inimigo conheceu Laura Lyons, passando-se por um homem solteiro, sem compromissos. Logo, a jovem senhora se apaixonou por ele, que lhe prometeu casamento assim que ela conseguisse o divórcio. Se Charles viajasse para Londres, seus planos estariam arruinados. Sugeriu então a Laura que enviasse uma carta para o tio, pedindo que fosse encontrá-la no portão que levava ao pântano, naquela noite em que o crime ocorreu. Depois, com um bom argumento, fez com que ela desistisse do encontro. Mas Charles, que não sabia de nada, encontrou a morte no lugar de Laura Lyons. Stapleton teve tempo suficiente para buscar o cão, passar o preparado à base de fósforo no corpo do animal e trazê-lo até o portão. A fera correu atrás da vítima. Imagine o susto que Charles levou ao ser perseguido por um monstro que parecia soltar fogo pelo corpo todo... O pobre homem, vitimado por um ataque cardíaco, caiu morto. Quando o cachorro viu o corpo no chão, aproximou-se para cheirá-lo.

— Ah, por isso doutor Mortimer viu essas pegadas junto ao corpo! — Eu me lembrava da descrição do médico.

— Stapleton era um homem inteligente e não deixou pistas na cena do crime. As únicas pessoas que poderiam suspeitar dele eram sua esposa e Laura Lyons. Esta última nem sabia ao certo o que ele tinha feito. Nenhuma das duas iria denunciá-lo.

— E como ele soube da vinda de Henry Baskerville?

— O doutor Mortimer contou da existência de um herdeiro que estava prestes a chegar. Até então, ninguém podia suspeitar de um naturalista que vivia caçando borboletas pelo pântano. Seu próximo passo era ir a Londres para matar Henry lá mesmo. Stapleton achou melhor levar sua esposa consigo, porque sentiu que ela não iria manter segredo. Hospedaram-se num hotel de Craven Street. Lembra-se daquele mensageiro que contratei? Ele descobriu para mim. Stapleton prendeu a mulher no quarto e seguiu o doutor Mortimer até aqui, e depois até o Hotel Northumberland. Beryl, que desconfiava dos planos do marido, achou oportuno enviar uma carta avisando Henry Baskerville que sua vida corria perigo. Com medo de ser descoberta por Stapleton, recortou as letras de um jornal para formar a mensagem. Se a carta caísse nas mãos do esposo, ele não poderia acusá-la de traição. Após endereçar o envelope com uma letra diferente da sua, enviou o primeiro sinal de perigo ao herdeiro.

— E daí? — eu estava ansioso.

— Stapleton, que usava uma barba falsa, precisava de uma peça de roupa de Henry Baskerville. Ele a daria para o cão farejar e atacar a próxima vítima. Subornou um dos empregados do hotel para que roubasse um pé de seus sapatos. Infelizmente, o serviçal roubou um sapato novo... Como sabe, um sapato sem uso não tem o cheiro de seu dono. Dessa forma, teve de devolvê-lo para pegar um sapato usado. Foi isso que me convenceu de que estávamos lidando com um animal verdadeiro, e não com algo sobrenatural. Lembra-se do dia em que recebemos a visita de Henry? Ele foi seguido por um homem que usava barba postiça e se fazia passar por mim. Stapleton já sabia das minhas habilidades como detetive. Era conhecido da polícia por vários tipos de crime. Em seu último roubo, matara um homem rico e aumentara suas finanças. Ao dar meu nome ao cocheiro, ele estava ciente de que eu me interessaria pelo caso. Queria também desafiar-me, mostrando que era mais inteligente que Sherlock Holmes.

— E quem tomava conta do animal enquanto Stapleton estava fora?

— Anthony, o senhor de idade que trabalhava para o casal desde a época em que tinham a escola. Desconfiei dele por causa do nome, incomum na Inglaterra. Descobri que, na verdade, chamava-se Antonio, provavelmente de origem latina. Tanto ele como Beryl tinham um leve sotaque. Você mesmo comentou, numa das cartas, lembra-se? Seu nome de solteira era Beryl García, e ela nasceu na Costa Rica.

Era verdade! Eu me lembrava!

— Onde está o tal Anthony agora? — eu quis saber.

— Soube que desapareceu do país. Ele cuidava do animal, mas duvido que soubesse para que Stapleton o mantinha. Mais uma coisa: senti, depois de uma minuciosa revista, um cheiro de perfume de jasmim naquela carta a Henry Baskerville, com palavras recortadas do jornal. Assim, só poderia ter sido enviada por alguém do sexo feminino. Quando parti para Devonshire, já sabia que tinha de procurar por uma mulher e um cachorro. Pensei logo no casal. Precisava vigiá-los sem me expor. Como expliquei, não podia dizer-lhe o que estava fazendo. Decidi ficar em Newtown e usar a cabana no pântano somente quando necessário. Suas cartas foram de grande ajuda. Quando contou que os Stapletons tinham sido donos de uma escola no Norte da Inglaterra, verifiquei todos os detalhes. Descobri que tinham vindo da América do Sul, e tudo tornou-se mais claro. Quando você me encontrou no pântano, eu já estava a par de tudo, mas nada podia provar. Cartwright, o garoto que levava roupas e comida para mim, também foi de grande valia. Tínhamos de pegar o homem cometendo o crime, então resolvi expor Henry Baskerville ao perigo.

— Fiquei com pena de Beryl Stapleton, ou Beryl Baskerville, melhor dizendo — comentei.

— Ela consentiu em passar-se por irmã de Stapleton, mas não aceitou ser sua cúmplice no crime contra Charles

Baskerville. Nosso inimigo sentiu ciúme quando percebeu o interesse de Henry pela senhora Stapleton. Afinal, ela era sua esposa! Acabou insistindo para que o herdeiro os visitasse; assim, poderia expô-lo à fúria do animal com mais facilidade. Quando Selden morreu, Beryl acreditou que o cão o tinha matado. Ela sabia que o cachorro estava na casinha junto ao pomar naquela noite em que Henry foi jantar com eles. A moça brigou com o marido, pois ele premeditara o crime. Falou também sobre o animal e, no meio da discussão, Stapleton acabou citando Laura Lyons. Isso fez desaparecer qualquer resquício de amor que ela sentia pelo marido até então. Assim, ele amarrou-a, e ela não pôde prevenir Henry Baskerville.

— Acha que Henry também iria morrer de medo ao defrontar-se com o cão?

— Não, o animal não mataria de susto um homem tão jovem. Mas, se estivesse faminto, com certeza avançaria sobre Henry, causando-lhe muitos ferimentos. E Stapleton completaria o crime com muito mais facilidade — Holmes concluiu.

Eu estava curioso para fazer uma última pergunta:

— De que forma Stapleton iria reclamar a herança sem levantar suspeitas? Afinal, já morava ali havia dois anos e nada contara a Charles Baskerville sobre seu parentesco.

— Não sei como ele explicaria isso à polícia, tendo usado um nome falso e tudo o mais... Mas era inteligente o bastante para arrumar um bom álibi. Poderia voltar à América do Sul e, de lá, por intermédio de um representante, reclamar a posse das propriedades; outra hipótese seria conseguir um cúmplice para reclamar a herança em seu lugar. Ele teria dado um jeito, estou certo disso. Quanto a Henry Baskerville, espero que esqueça Beryl Stapleton e conheça outra jovem... Quem sabe, até mesmo nessa viagem que está fazendo. Elementar, meu caro Watson! — Sherlock Holmes deu um sorriso de satisfação.

Depois de uma pausa, meu amigo detetive falou:

— Agora, Watson, sugiro uma interrupção no nosso trabalho. Tenho dois ingressos para o teatro. Se você se aprontar rápido, teremos tempo de jantar antes da apresentação... O que acha disso?

Era uma ótima ideia, e eu esperava que mais nenhum outro caso ocorresse naquela semana. No entanto, em se tratando de Holmes, isso era quase impossível de acontecer.

QUEM É TELMA GUIMARÃES CASTRO ANDRADE?

Telma Guimarães Castro Andrade mora em Campinas há mais de vinte anos. Ela nasceu em Marília, cidade da região centro-oeste do estado de São Paulo. É formada em Letras Vernáculas e Inglês pela Unesp.

Professora concursada de inglês, fazia o que muitos pais curtem: ler histórias para os filhos à noite. Da leitura passou à criação de histórias. Quando menos esperava, já estava publicando o primeiro livro, e não parou mais.

Telma é autora de mais de cem títulos dedicados ao público infantojuvenil, em português, inglês e espanhol, e também de livros didáticos de ensino religioso.

Pela Editora Scipione, publicou diversos livros infantis e juvenis: para a série Diálogo, escreveu *Viver um grande amor*. Para a série Reencontro literatura, adaptou clássicos como *O Natal do avarento*, *Tristão e Isolda* e *O homem da máscara de ferro*; e, para a Reencontro infantil, *Robin Hood*, *Sonho de uma noite de verão*, *O conde de Monte Cristo*, *Os três mosqueteiros*, *Hamlet* e *O corcunda de Notre-Dame*. Além disso, é autora dos títulos infantis *Tião carga pesada*, *O canário, o gato e o cuco* e *Tem gente*.